庫

東京棄民

赤松利市

講談社

東京棄民

目次

第一章　ヒカル

1　第四十九回衆議院選挙

令和三年十月三十一日に行われた総選挙は予想していた通りの結果に終わった。

予想していたというか、（下手をすれば）などとテレビで流される党首討論会とかワイドショーのコメンテーターのコメントを聞きながら、（もしかすれば）などと嫌な予感が過《よぎ》った程度のことで、それを予想というのはやや違う気もするが、結果が出た時には（やっぱりな）という諦めの気持ちに囚《とら》われた。

昭和五十一年に生まれた僕だが、小学校に上がる時には学習指導要領とやらが変わり、その後にゆとり世代とありがたくない呼称で呼ばれた世代だ。

四十五歳になる今もどこかのんびりした、というか緊張感に欠ける性格で、それまで政治に興味を持ったことなど一度もない。

もちろん投票などしたこともない。

ただその時の選挙ばかりは関心を持つしかなかった。

一度も投票もしたことがない人間が選挙に関心を持つなど、いささか厚かましいとも思え気恥ずかしさもあるのだが、持たざるを得ない事情があったということだ。

地方の国立大学を卒業したのは就職氷河期と呼ばれる時期だった。大学三年生の時に両親を交通事故で亡くし、ひとりっ子だった僕は親戚付き合いもなく——自分でそう認識したわけでもないが——天涯孤独の身になってしまった。

退学して働くことも考えたが、いきなり社会の荒波に揉《も》まれるのがイヤで、その後一年間は、奨学金制度を利用して大学に残った。それがそのまま卒業後の僕の借金になってしまった。特に僕が卒業した平成十年は氷河期も氷河期、超氷河期と呼ばれた時代で、僕たちはゆとり世代に加え、就職氷河期世代、ロストジェネレーション世代などとも呼ばれた。

そんな世代に生まれ育った僕だが運にも恵まれて就職だけはすることができた。

就職先は台東区《たいとうく》浅草《あさくさ》の合羽橋《かっぱばし》に本店を置く商社で、しかし商社とは名ばかり、本店はあるが支店はない、主に飲食店に調理用具を供給する卸《おろし》問屋だ。小売りもするその会社で接客、配送などをやらされた。

安月給と長時間労働に堪《た》えながら、それでもなんとか日々を過ごしてきた。サービス残業に文句を言ったことなど一度もない。なにしろその職を失えば、正社員として働く場など得られる時代ではなかった。会社に命令されるがままに働いてきた。

少子化が問題視される時期だったが、子供どころか結婚することもできず、彼女と呼べる相手に恵まれたこともない。とはいえ性欲はそれなりにあり、そんな僕が足を運んだのは雷門《かみなりもん》前にあるマンガ喫茶で、ネットからアクセスできる無修正のエロビデオを鑑賞しながら、ときどきヌクことで性欲を充たしていた。

女性経験はない。風俗に通うこともなかった。

この世代の特徴なのかも知れないが、少ない収入をやりくりまでして風俗の門を潜るのがもったいなく、三十代半ばくらいまでは、一念発起してと考えたこともあったが、四十を過ぎる年齢になると、今さら感が強く働き、ビデオ鑑賞で処理できているのだから、それはそれでいいかと、ぼんやりと諦めてしまった。

ともあれ僕は生活に追われて政治に興味を持つ余裕などなかった。

だがその年ばかりは違った。

野党が共闘し政権交代を掲げた選挙だった。

消費税減税、給付金の支給、他にも謳《うた》われた政策はいろいろとあったようだが、なにより僕が惹かれたのは、全国民一律に現金が支給されるということと消費税減税だ。

なにしろ僕は、その前年から蔓延《まんえん》した新型コロナウイルスの影響をもろに被り、卸し先の飲食店の営業自粛や閉店などにより、売り上げが目に見えて下降した会社で人員整理の対象になってしまった。(どっちにしても、その後会社自体が廃業したので結果としては同じだったが)

整理されると同時に、都立産業貿易センター台東館裏にあった花川戸《はなかわど》の借り上げ社宅の老朽化したアパートも追い出され、それまで無修正ビデオを鑑賞するためだけに通っていた雷門前のマンガ喫茶に転がり込むことになった。

コロナ禍にあってマンガ喫茶も様変わりした。それまでは各ブースが仕切られてこそいたが、蔓延を警戒し、個室タイプに切り替えられたのだ。

これは良かった。

以前の仕切り板もそれなりにプライバシーが保たれる高さだったが、店員の中には高身長の店員もおり、その店員が通路を歩くと、仕切り板越しに、まさかイチモツをシゴいている股間までは見えないだろうが、裏ビデオを映し出しているモニター画面の上部くらいは見えてしまう。画面を見られてしまえば、中でなにをやっているのか容易に想像がつくだろう。それに気を遣うことがなくなったのには助かった。

個室が施錠できたのも良かった。

どうして蔓延防止に施錠が必要なのか。

考えるまでもない。

コロナ感染を恐れて減った利用客を呼び戻そうとしたのだろう。

従来の利用客だけではない。

性風俗から流れてくる客も標的にしたのに違いない。なにしろ性風俗は濃厚接触の極みなのだから、それを忌避《きひ》し、性欲を持て余しているヤツらも多くいただろう。

で、施錠が必要になるのだ。

滅多にあることではないが、違うブースから注文されたカレーライスや丼物などが、間違えて配膳されることがある。

当然、配膳する店員はドアをノックはするが、条件反射でこちらは「はい」と答えてしまう。膝の下まで下げているズボンとパンツをたくし上げる間もなく、ドアを開けられてしまったことも一度や二度ではない。

施錠されていれば下半身丸出しでオナニーすることもできる。大股を開いてやるオナニーの解放感は格別なのだ。

難点をいえば改装に伴って利用料金もそれなりに高くなったということか。

貯金もなかった僕は整理解雇になった翌週からバイトをしていた。

マンガ喫茶のデスクトップパソコンからいくつかのアルバイトに応募し、ようやく得たファミレスのキッチンクルーで日銭を稼ぎながらなんとか滞在していた。

そのファミレスで知ったことだが、同じアルバイトでも正社員並みに常勤で働くアルバイトはフリーターと呼ばれる。感覚としてはプロのアルバイターとして認められる。もちろん僕が目指したのもフリーターの地位だったがそれには一定の勤務年数が必要だった。だから僕は、正社員とフリーターの穴埋めをするアルバイターとして勤務を始めた。

フリーターもアルバイターも非正規雇用だ。そんな底辺の身分にまで格付けが行われる社会に生きているのかと啞然とした。

マンガ喫茶の利用料金の値上げ分は食費の節約で補うしかなかった。

もちろんもっと利用料金の安いマンガ喫茶やネットカフェも検索し検討した。歌舞伎町《かぶきちょう》辺りには月極めで借りられる安価な店もあった。

ただしそれらはどちらかといえばネット難民と呼ばれる連中が利用する空間で、ブース内は私物であふれ、かなり異臭もするとの情報に、そこまで生活のレベルを落とすことには躊躇《ちゅうちょ》があった。このあたりも優柔不断なゆとり世代なのかも知れない。

ともあれ僕のことより選挙の結果だ。

一時は過半数割れもささやかれた政権与党だったが、それなりに議席数を減らしたり、大物政治家が落選したりした割に過半数は堅持した。

その一方で、期待された野党共闘の議席は思ったほど伸びなかった。

それどころか投票率も戦後何番目かといわれるほどの低水準だ。

そんな低投票率にあって、野党として名乗りを上げ、与党、野党共闘を激しく非難し、謳っている政策は与党寄り、案件によっては与党以上に過激という、実質的には野党なのか与党なのか分からない政党が与党離れした票の受け皿となって大躍進した。

どうしてみんな選挙に行かないんだ。

少し腹が立ったが、僕自身も投票に行かなかったので大きなことは言えない。

棄権したのではない。行きたくても行けなかったのだ。

住所もなく、投票券が届かなく、それは区役所なりに行けばなんとかなったことなのかも知れないが、自分の一票だけのためにそこまでの労力を使う気もせず、ただ漫然と選挙結果をマンガ喫茶のリクライニングシートに座り、ネット配信される速報で眺めながら、やっぱりダメだったのかと微かにため息を吐いただけだった。

当初は「分配なくして成長なし」と語っていた総理も、いつの間にか「成長なくして分配なし」と百八十度物言いが変わったので、僕のような人間の待遇というか、生活が変わることもないだろうなというため息だった。

で、衆議院選挙直後に、与党の総裁選挙も行われたようだが、その時点では政治に対する興味も失っていて、マンガ喫茶の片隅に吊られている新聞各紙の一面の見出しで、総理が再選されたことを知り、でもそれは僕のような人間にとっては、もはやどうでもいいことだった。

おこがましくも僕なりに分析すると、ワクチン接種が進み、総選挙に合わせたようにコロナ感染者数が激減したのも大きかったのではないだろうか。

一時は日に三万人を超えるのではないかと懸念された感染者数が、総選挙が近付くにつれドンドン減少し、また緊急事態宣言も解除され、浅草の通りにも人が溢れるようになった。

以前のように、中国人観光客を中心とした外国人観光客がひしめき合う景色ではなくなったものの、日本人観光客で賑わい、僕はワクチン接種ができていなかったので、それなりに、とはいえマスクと手洗いを欠かさないという程度だったが、財布の許す範囲で感染対策には努めた。

ワクチン接種ができていなかったのは、順番が来た時点で僕が住所を無くしていたからだ。自宅に配送されるワクチン接種券を受け取れなかった。

その年の十月、十一月の陽気は移り気で、暑くなったり寒くなったりしたが、昼間はできるだけ屋外で過ごした。

マンガ喫茶の滞在時間を減らし、シフトが減って収入も減少したファミレスのバイト代をできるだけ節約し、もちろんそれで新しいアパートが借りられるほどの貯金はできないので、食事も十個で百二十円のアンパンとか、ひと房三百円のバナナにし、小分けにしたそれを、風通しの良い隅田川《すみだがわ》沿いの公園で食べたりして、アルバイトがある日は賄《まかな》いも出るので、それで空腹を充たし、人が溢れる浅草寺《せんそうじ》とか、新仲見世《しんなかみせ》商店街には近付かないようにしていた。

このままこの生活が続くのだろうなと考えていた。

もちろん少しくらいは老後の心配をしなかったわけでない。

二十年も経たないうちに僕も高齢者の仲間入りをするのだ。

しかし、そんな先のことまでは考えない、あるいは考えられないのがゆとり世代のゆとり世代たる所以《ゆえん》なのだろう。なるようにしかならない。その諦めというか、開き直りというか、ただぼんやりしているだけでなく、意外にたくましいところもあるのだ。

会社を解雇された時点で、僕は利用するブースをリクライニングシートから横になれるフラットシートに変更した。一時金が給付されればその金で、格安アパートを借りようと思っていたのだが、選挙の結果それも諦めざるを得なくなり、先に当てのない僕のマンガ喫茶暮らしが確定してしまった。

2　東京逆ロックダウン

令和四年秋。

その年の二月に誕生日を迎えた僕は四十六歳になっていた。

僕の安定した――少なくとも本人はそう感じていた――生活に暗雲が垂れ込め始めた。

何度目かの感染爆発が起こったのだ。

それまでにも感染爆発は起こっていたが、その都度ウイルスの名前が変わるので僕の記憶に残っているのはアルファ株、ベータ株、デルタ株、そしてオミクロン株くらいだ。

そのうち一番印象に残っているのはデルタ株だ。

医療のひっ迫が問題視され、緊急事態宣言による自粛期間も長かったように思える。しかしそれは僕が職と住所を失った時に蔓延したのがデルタ株だったので、そう感じられているのかも知れない。病床が足りずに自宅待機を強いられ、そのまま死んだ人もかなりの数に上った。

いっぽうオミクロン株は感染力の強さで僕の印象に残っている。

日本国内で発見されたのが令和三年の十一月末で、その後年内は数百人単位で推移していたが、年が明け、令和四年一月四日に感染者が千人を超えたのを契機に、翌五日には二千人を超え、六日には四千人を超え、そのペースはどんどん早まり、十二日には一万三千人を超え、一月二十八日には八万四千十一にまで感染者数が膨れ上がった。ただしそれでも社会が混乱しなかったのは、オミクロン株が重症化し難い、若い人間などは無症状のまま治ってしまうということが流布されたからだろう。実際前年に発令された『緊急事態宣言』が発令されることもなく、東京などでは『まん延防止法』こそ発令されたが、飲食店の時短制限等が言われたくらいで、どことなく、同じコロナ禍にあって、去年よりかなり弛緩したムードが漂っていたように僕には感じられた。

当時の僕が社会と繋がる手段はツイッターだけだった。

マンガ喫茶に吊るしてある新聞など前の総選挙の時くらいしか読んだことがない。そもそも活字を読むのは苦手だし、会社勤めしている時も、新聞を定期購読する金銭的な余裕も、読む時間的な余裕もなかった僕だ。世間はどう考えているか知らないが、たとえ正社員で勤務しているとはいえ、その下層で暮らす者にとって新聞など縁のない媒体なのだ。テレビだけが情報を得られる媒体だと言っても過言ではないだろう。僕の場合はそれにツイッターが加わっていたので、他の同じような境遇の人間よりも少しは社会のことを知り得たのではないだろうか。

マンガ喫茶においてもテレビを見ようと思えばモニター画面切り替えのコントローラーで視聴することも可能なのだが、似たような番組を繰り返すそれを見る気にもなれず、それにツイッターでは、誰かがニュースを紹介してくれるので大体の社会情勢は分かるのだ。ROM専門で自ら発言することはなかったが、そんな僕のタイムラインが俄《にわか》に騒がしくなってきた。

どうやら感染爆発が起こっているらしい。

柄にもなく僕は、政府広報とか厚労省広報とか東京都のアカウントもフォローした。いまさらという気もしないではなかったが、正式な情報を得ることの必要性に目覚めたのだ。

夏前から徐々に増えていた感染者数の日別集計が、気温の低下とともに右肩上がりで増加し始めた。ツイッターで覚えた言葉だが、それは指数関数的とか幾何級数的な増加だった。言葉の意味は分からないが、とんでもない勢いの増加だというのは分かった。

たちまち日別の全国の感染者数は十万人を超えた。すぐに二十万人にまで達した。感染者数だけではない。重症者数、そして死亡者数も急増し始めた。

どうやらその原因となったのはオミクロン株のようだったが、それに隠れて新たな株が誕生していたのだ。

しかしある時を境に、どこを見ても感染者数が発表されなくなった。

そうなるとタイムライン上にはいろんな陰謀説が飛び交う。

どれを信用すればいいのか分からないが、一説によると、日別の感染者数は百万人を超えている。いや二百万人だとも。彼らが根拠としたのが無症状者である若年層、特に学童への感染だ。

オミクロン株に限らず新型コロナウイルスは学童やそれ以下の子どもにも感染する。

それを重視したのか、『ワクチン一本足打法』（ツイッターで拡散した呼び名だ）の政府は令和四年の初頭から学童に対するワクチン接種にも積極的だった。しかしワクチンの効果は重症化を防ぐだけで感染を抑止するものではないと、そんなことくらい僕でさえ知っている。

学童の感染が確認されたら当該学校を休校し、学童や教員のPCR検査を行うべきだと主張する――政府諮問会議などに属さない――有識者の意見が多く発せられた。真っ当な意見だと僕は感じた。学童が感染すれば、同居する家族も当然感染するだろう。

それだけではない。たとえ発熱し、感染が疑われても、発熱したという理由だけで会社を休めない者もたくさんいるのだ。

母子家庭などはその顕著《けんちょ》なものだろう。時給日給で働く非正規雇用者も同じだ。発熱ごときで会社を休んだらたちまち干上がってしまうではないか。無症状や軽症の親から子供に、そしてその子供から他の子供にあらたな感染者が広がり、さらに新たに感染した子供から親に、感染の連鎖拡大が止まることはないのだ。

あれはオミクロン株が広がる前年のことだっただろうか。集客に悪影響を与えると、発熱症状があってもPCR検査を受けることを懲罰含みで禁止したデパートがあった。この時の政府の対応も似たようなもので、学級閉鎖や休校を決定するのは地方自治体の判断することだと、自分たちの責任を放棄し、地方自治体は地方自治体で、休校・全員検査をした市町も少しはあったが、せいぜいが学級閉鎖、そんな措置さえ講じない市町も少なくなかったようだ。

さらに政府や都は感染者数を隠蔽しているとか、それは今までも改ざんしていたが、あまりに増えすぎて改ざんが困難になり隠蔽しているのだとか。

オミクロン株に続く新たな株はデミクロン株と呼ばれた。

デルタ株の毒性とオミクロン株の感染力を併せ持つのがデミクロン株だ。

あるいはデルタ株とオミクロン株の二つの株に同時感染した状態を意味する呼称だという呟きもあった。

デルタとオミクロンをかけ合わせたような命名だったが、その株の呼び名も変わってしまった。

東京株。

それが新しい株の呼称だった。

感染爆発を起こしているコロナ株は東京固有の株で、それは、前年のオリンピックの時期に海外から持ち込まれた株が、さらに変異し感染力を高めたのだという。その動向を政府はオリンピック以降、かなり早い段階で把握していたが、オリンピックを強行した自らの非を問われたくないので、東京株の情報を隠蔽していたという呟きが溢れた。

僕が東京株説に納得したのは、日別の感染者数が発表されていないのは東京都とその近郊県だけで、その他の地域でも感染者数は上昇はしているものの、変わらず発表がなされていたのでその可能性はあるなと納得したのだ。

もちろん政府もまったく動かなかったわけではない。

まったくどころか、冬を迎える前に思いもよらなかった措置が発表された。

東京ロックダウン。

その言葉は直ぐに別の言葉に置き換えられてタイムラインを流れるようになった。

いろいろなカタカナや英語表記が使われたりもしたが、僕がもっとも腑《ふ》に落ちたのが『東京逆ロックダウン』という言葉だ。

すなわち東京都へ移動する人流を食い止めるロックダウンではなく、東京エリアから都民、市民を外部に移動させて東京エリアをロックダウンする措置を政府が発表したのだ。

そんなことができるのかと僕は懐疑的だったが、政府自身が東京を捨てて移動したことで、東京逆ロックダウンは現実味を帯びた。

もちろん東京株は他の地域にも蔓延していたが、東京エリアに関しては感染者数の増加が急激すぎて、病床が不足し、感染者の治療どころか隔離もままならず、政府は東京エリアの都民、市民を他の地域に移動、分散し、抜本的な対策を講じることにしたらしい。それが東京逆ロックダウンだった。

東京株に感染した人間はバタバタと死んでいる。オミクロン株がピークを迎えた令和四年二月二十二日の一日の死亡者数は三百二十二人と過去最悪を記録した。弱毒性といわれたオミクロン株に限定したことでなく、新型コロナウイルスの日別死亡者の過去最悪だった。すでにこの時点で東京株の蔓延が始まっていたのかも知れない。それが東京株の蔓延が本格化した令和四年冬には一日の死亡者数が二千人を超えるのも普通になってしまった。

コロナ禍の初期には、ウイルスの特性としてホストである人間を殺したりはしない。そんなことをすればウイルス自体が繁殖する場を失い、自殺行為にも等しいことになるからだという言説がかなり流布した。

デルタ株が沈静化を見せ始めた令和三年の十一月頃に、その言説は正しかったと胸を張る専門家も多くいたが、果たしてそれが正しい知見なのか、僕はずっと疑問というか、もやもやとしたものを感じていた。

たとえそれが正しかったとしても、東京株で死亡している人がたくさんいるのだ。いずれコロナウイルスが弱毒化するとしても、東京株がその最終形だとはとても考えられない。ウイルス自体が自然と弱毒化するという仮説も東京株の蔓延と共に聞かれなくなった。

東京株が猛威を振るう状況下で、それをオミクロン株がマスキングし、同じ新型コロナウイルスなので適切な選別もできず、政府としては全国規模で感染者を隔離するしかなかったということだ。遺伝子解析とやらをすれば東京株とそれ以外の新型コロナウイルスを識別することは技術的に可能らしいが、そんな悠長なことをしていられないほど、東京株の蔓延力と毒性は強かったということなのだろう。

発表後に政府が淡路島《あわじしま》に移動したのでそれが真実味を帯びた。

これにもいろいろな意見が出た。

憶測《おくそく》も飛び交った。

政府の無責任さを問う抗議デモや反対集会が行われたようだが、僕には関係のないことだった。

接種を受けていない僕は人混みを避けて暮らしているのだ。そんな場所に足を向けるはずはない。その朝、マンガ喫茶を退店する前に、僕がネットで確認した首相官邸情報では、ワクチン接種率は八割程度だった。

浅草寺前の三叉路《さんさろ》に集まっている聴衆は二百人くらいだろうか。

集まっているのは成人がほとんどなので、全人口を母数とした接種率を当て嵌《は》めるのは違うかも知れないが、僕は年齢別のワクチン接種率も確認している。それによると七十歳代以上と五十歳代から六十歳代は九割を超えている。つまり重症化が懸念される高齢者と働き盛りで職域接種が受けられる年齢層は十人にひとり以上がワクチン接種を終らせているということだ。

しかしワクチンに感染防止効果はない。政府の『ワクチン一本足打法』による弊害がこんなところにも表れていると僕には思える。

彼らと僕は違う。体調に異変を来した時点で——たとえば発熱したとか——彼らはクリニックなり病院を訪れることができるのだ。その日暮らしの僕には、そんな経済的な余裕などない。だから僕は人混みを避けて暮らしている。

隅田公園への道を急ぎながら僕は政府発表に想いを巡らせる。

政府が一時的な移転先を淡路島としたのは、島であれば外部との完全隔離も可能だったこと、そしてリモート環境が整っていたことが官房長官の会見で説明された。

しかしそれだけでは納得しないツイッター民が大好きな陰謀論をまことしやかに呟いた。

淡路島はP社がコロナ禍の最中に本社を移転した島だ。政府とは密接な癒着《ゆちやく》関係にある。だから淡路島なのだという憶測が飛び交った。P社と連携し、政府は日本の産業構造を根本から見直そうとしている。新たな産業構造がどんなものか、それに関する見通しもツイッターで呟かれていたが、僕には少々難解な内容で、そもそも僕は社会の底辺で暮らすフリーターにもなれないアルバイターなのだ。興味を持てという方が酷だろう。

P社代表の過去の言動がツイッターに動画付きでアップされた。

彼は新自由主義を唱える人物だ。

P社は非正規雇用の人材派遣会社だった。

――正社員の存在が日本経済の成長の足かせとなっている。

――クビにできない正社員なんて怖くて雇えない。

そんなP社の代表の発言動画が繰り返しツイッターで再生された。

関連会社も含め、東京オリンピックへの人材派遣費用の中抜きで、莫大な利益を稼ぎ出したと噂されるP社だった。

広告宣伝会社であるD社もやり玉に挙げられた。政府広報を務めた同社が政府と機を同じくして汐留《しおどめ》本社を淡路島に移した。かなりシフトを減らされていたファミレスバイトだったが、出勤するたびにみんなが口にするのは政府移転の話題だった。

僕の場合は主にはツイッター情報だが、みんなはテレビ情報だったようだ。たいして変わらなかった。ツイッター民もテレビなんかで情報を得て呟いているのだろうから当然か。

僕は会話には混じらなかった。ツイッターと同じだ。ただ聞き耳を立ててるだけだった。

さらにツイッターでの情報は過激になった。

政府の淡路島移転は、東京株の毒性の高さを前年から知っていた政府が、P社と仕組んだ棄民政策だという指摘がタイムラインを賑わし始めた。上級国民だけを東京エリアから救い出し一般国民は見殺しにする。そんな過激な情報が飛び交うようになった。

さすがの僕もその意見には賛同できなかった。

でも——

次の次か、その次くらいの総理大臣として期待されている若手代議士が「日本国の適正人口は六千万人くらいだ」と言った過去発言がツイッターで紹介されたことで僕はかなり不安になった。悲観的な一億二千万人より、将来を楽観し自信に満ちた六千万人の国の方が、成功事例を生み出せるのではないかと言ったらしい。

そんな人が政権の中枢にいるとしたら、東京逆ロックダウンの目的が――ツイッターで囁かれる陰謀論のように――上級国民だけを東京エリアから救い出し一般国民は見殺しにするという目的であっても不自然ではないかと思えてしまう。

その後僕がツイッターから得た情報では、政府は淡路島もロックダウンした。東京エリアとは違う本来の意味でのロックダウンだそうだ。

淡路島は本土と明石《あかし》海峡大橋で結ばれている。

四国とは大鳴門《おおなると》橋で結ばれている。

その二つの海峡橋を閉鎖し、しかも閉鎖しているのが小機関銃で武装した自衛隊の精鋭部隊だそうで、余所《よそ》からの入島を厳しく制限しているそうだ。

元からの淡路島の住民が島外に移住を余儀なくされたという情報もあった。

どうやら政府は主だった与党議員や官僚などを完全医療体制が整えられた淡路島に避難させ、それまでの業務とか国会討論などはリモートで行うということらしいのだ。

真偽のほどは定かではないが――

そして令和五年一月、政府は真の意味での棄民政策を発令した。

東京都民をエリア外に避難させるという政策だ。

それがなぜ棄民政策かといえば、具体的な避難方法や避難時期が、郵便で各人の自宅に送達されるというのだ。

当初はネットで告知される予定だった。

Ｊアラートシステムを使い、該当エリアの全住民に流されると政府広報が伝えていた。しかしそれには越えなくてはいけないハードルがあった。もちろん携帯を持たない人もいるので郵便による告知も併用されるという内容だった。

東京エリアの膨大ともいえる人口を考えると、一ヵ所に避難させるのはとうてい無理な話だ。だから政府は、居住地区ごとに、集合場所も集合時間も違う避難指示を発令するという。

大地震や大津波のときのように、ただ避難し、一時的な身の安全を図れば良いというものではない。個別に避難先、避難場所を指定しなくてはいけないのだ。

政府はネットによる告知のハードルを越えられなかった。その結果、ネットではなく郵便だけが告知の方法となってしまった。

新政府でＩＴを担当する大臣は八十歳という高齢だった。

大臣の資質がどうというのではない。

そんな高齢者を、そしてその選任理由がスマホでＳＮＳに投稿できるという理由なのだから、ＩＴ担当大臣になにを期待していたのか政府の考えを疑いたくもなる。

ちなみにこれらもすべてツイッターから得た情報だ。

郵送のみで告知されるということがどうして棄民政策かといえば、ワクチン接種の時と同じ理由だ。選挙のときもそうだった。住所を持たない僕のような人間は、避難情報を得ることができず避難計画の蚊帳の外に置かれる。

自ら動いて情報を得ようとすれば得られたのかも知れない。

実際に僕が機会を逃してしまったワクチン接種も、それを受けることができたホームレスの人たちもいたらしいので、自ら能動的に働き掛ければチャンスがあったのかも知れない。

しかしここでも僕は、毎日マンガ喫茶のデスクトップパソコンと隅田公園にあっては旧式のiPhoneでツイッターを追い掛けるだけで、避難の機会を逃してしまった。

そのうちなんとかなるだろうと鷹揚《おうよう》に構えてしまっていた。

ところが政府の対応はこれまでにないほど迅速だった。

避難開始直前に、各家庭に郵便で集合場所と集合時間が通知され、移動手段に使われたのはバスだ。バスならば最寄り駅とかでなくても集合場所や時間を自由に選定できる。

侮《あなど》った。

大量輸送のために列車を使うだろうと考えていた僕は虚を突かれた。観光バスとして知名度の高い黄色いバス、空港と都心を結ぶリムジンバスなどの大型バス、東京と地方を結ぶ長距離バスなどを使い、瞬く間に対象住民の移動は成し遂げられた。

発表されたのが一月、実行されたのが二月初旬というのは、それまでの政府では考えられない迅速な対応だった。

住所を持たない僕は、廃墟と化した東京に取り残された。情報通を気取っていた僕だが、しょせん僕の情報源はツイッターだけだった。ぼんやりとだが、スマホやiPhoneを通じた告知がされないのであれば、区ごとにある防災無線で避難の方法が呼び掛けられるのではないかと甘いことを考えていた。まさか政府が僕のような避難情報を得ることができない人間をあっさりと切り捨てるなどとは思ってもいなかったのだ。

僕が住むマンガ喫茶がある台東区にも防災無線はある。午後四時半には「下校時の子供の見守りをお願いします」などという呼び掛けが毎日繰り返されていた。その防災無線で、避難の呼び掛けが放送されるだろうと思い込んでいたが、されなかった。

東京エリアに取り残され、僕はそこで四十七歳の誕生日を迎えた。

マンガ喫茶の利用者の中には、僕同様、一時の仮住まいとしてそこを利用していると思われる連中もいたのだが、そのほとんど全員が姿を消した。

これは東京逆ロックダウン以前のことだが、マンガ喫茶の利用料金は、最初の三十分までは十分刻みで課金される。それを過ぎると六時間、九時間、そして十二時間のパック料金に切り替えられる。そのパック料金も、午後十時を過ぎて入店すれば深夜割引料金が適用される。午前七時からの入店者は再び昼間料金で計算される。

毎夜午後十時過ぎにチェックインする連中がいる。彼らはマンガ喫茶店内の二十四時間二百円の縦長のコインロッカーにキャリーバッグやランドリーバッグを預けている。それを取り出し、カウンター前で借り受けたスリッパと毛布を抱えフラットシートのブースへと消えるのだ。

僕もそのひとりだった。

僕と同じようにしている連中が何人かいた。男もいれば女もいた。

チェックインした時間によってパック料金が適用されるので、たとえ午前七時を過ぎても、インから最長十二時間は深夜割引が適用される。

僕は九時間パックを利用していた。だからアウトの時間は午前七時だ。

バイトのある日はバイト先に、ない日は隅田公園に足を向ける。

僕と同じパターンの利用者も少なくなかったのだろう。午前六時を過ぎると、店内のあちらこちらで目覚まし時計の音が鳴り響く。

それからは競争になる。

九時間のパック料金時間内に男女別に一部屋ずつしかないシャワーを済ませる競争だ。

シャンプー、ボディーソープ、髭剃り、歯磨きセット、櫛《くし》。

使い捨てのこれらを含めて三百二十円のシャワー使用料が発生する。これに使い捨てではないバスタオルがつく。

シャワールームの利用時間は三十分を目処にとしか決められていない。だから一時間で使用できるのはせいぜい二人までだ。

バイトのある朝だけ僕はそれを利用していた。

一人目が終ると深夜シフトのアルバイト店員が一応清掃する。要領の悪い店員だと二人目の利用時間が短くなる。だから一人目を争ってシャワールームへと急ぐのだ。

そんな連中が、ある時期を境に姿を消した。

そしてその朝、午前七時にチェックアウトしようとした僕は立ち竦《すく》んでしまった。

店内に人の気配がしないのだ。人の気配どころか店員さえいない。

(そういえば……)

僕は前の夜のことを思い浮かべた。

隅田公園で時間を潰し、寒気に冷え切った身体を震わせながら、いつものように午後十時を待ってチェックインした。

(あのときも……)

いつもならチェックインに並ぶ見知った顔ぶれがひとりもいなかった。

(みんな避難したのか)

そう思わずにはいられない。

チェックイン時に僕のことを憐《あわれ》みと驚きの目で迎え入れた店員の顔が浮かんだ。

あの時点で、やつらは今朝のことを知っていたのだ。

(冷たいじゃないか)

すっかり馴染みになっている店員の顔を思い浮かべ心の中で呟いた。

しかし考えてみれば、すべて僕の自己責任だ。店員にどうして欲しかったというのだ。なにができたというのだ。

店員には僕のインを断ることもできた。それが深夜か早朝かは分からないが、退店時に僕を追い出して戸締りすることもできたのだ。それをせずに、朝まで眠らせてくれた店員にはむしろ感謝すべきだろう。

マンガ喫茶から居なくなった連中も、社会の動向に敏感な者たちだったのだろう。あるいは僕と違い、行動力のある連中だったのかも知れない。

政府の避難計画の詳細を察知したのか、あるいは未だ機能していた電車などの公共交通機関で東京から逃げ出したのか、なんらかの手を打ったのに違いない。

気付けばマンガ喫茶に残っているのは僕ひとりになっていた。

3　出会い

「あのぅ」

背後で間延びした声がした。

振り向くと背の低い女の子がモジモジしていた。

「精算したいんですけど」

「あ、僕、店員じゃないから」

(この娘《こ》も逃げ遅れたのか)

不謹慎にも僕は少し嬉しい気持ちになっていた。

「どうやら店員さんも避難したみたいなんだ」

「そうですかぁ」

女の子の声には驚きも落胆も感じなかった。

「だから精算はしなくていいんだよ」

「はぁ」

「とりあえずオープンスペースで話をしない?」

誘うと相手がコクリと頷いた。

「僕、イサムっていうんだ。キミは?」

「ヒカルです」

「今年で四十七歳になるオジサンだけど、キミは?」

「二十七です」

「え、とてもそうは見えないね。いや、失礼。もっと若いのかと思ったよ」

正直にいえばもっと幼く見えた。

背が小さくて可愛いので僕から見ればやはり女の子だ。それでも僕にとってヒカルは救いだった。話し相手がいるということがどれほどの救いになっただろう。

東京には僕と同じような理由で、あるいはホームレスで、多くの者が残されているのだろうが、同じマンガ喫茶に残った者同士として、ヒカルは僕の心の支えに思えた。

それまで別々のフラットシートで寝泊まりしていた僕たちだったが、向かい合って座れるオープンスペースで、マンガ喫茶の商品棚に残されていた塩焼そばを食べながら、お互いの身の上を語り合った。

語り合ったといっても、そのほとんどは僕が喋り、ヒカルは短い尻切れトンボの返事をするというだけの会話だったが、それでも僕はヒカルのことをいろいろと知ることができた。

驚いたのはヒカルが宮崎《みやざき》からの旅行者だったということだ。

東京観光ではなく、江東《こうとう》区亀戸《かめいど》に住む恋人に会うために上京していて今回の騒動に巻き込まれたのだ。

「彼氏さんの家には泊まらなかったの？」

「狭いし、同居している人がいたので」

「同居している人？」

「漫才とかコントをする相方です」

僕の動揺に気付いただろうヒカルが笑みを浮かべた。

「なるほど、そういうことか」

僕は自分の誤解を認めるような言葉を発してしまった。それをスルーして、ヒカルが恋人のことを話してくれた。

彼はお笑い芸人を目指していて、その相方と一緒に暮らしているそうだ。いや、いたそうだというのが正解か。今は東京にいないのだから。

恋人の自宅に避難指示書が送達された。

その集合場所と集合時間をヒカルは携帯で連絡された。

墨田区《すみだく》の錦糸《きんし》公園が集合場所だった。

ヒカルの携帯に連絡があったのが避難前日の朝で、集合時間は当日の午後二時、指定された場所に急ごうとしたヒカルだったが、その日は地下鉄もバスも運休しており、それでも駆け足と徒歩で指定場所に向かおうとした。東武浅草駅近くのバス停からバスに乗れば錦糸町には二十分程度で着ける。恋人からの連絡もそのバスに乗れというものだった。

ヒカルは墨田区に入ったあたりで道に迷ってしまった。そのうちに約束の時間も過ぎて、スマホも電池切れし、仕方なく、スカイツリーを目印になんとか浅草まで戻ったらしい。

スカイツリーは浅草から間近に見えるが、歩けば二キロ近くの道のりになる。よく帰れたものだと感心した。

「鳥が飛んでいるのが見えました」

「鳥？」

「白い鳥です」

「ああ、ユリカモメね」

ユリカモメは冬の渡り鳥で秋の終りごろから隅田川上空を飛んでいる鳥だ。

「それを目印にたどり着きました」

「あの鳥はこの辺りでは隅田川上空にしか飛んでいないからね」

それからも僕たちは二日二晩、たくさんのことを喋った。

ヒカルが発する言葉は標準語なのだが、それが宮崎訛《なま》りなのだろうか、アクセントが微妙に違う。そのことを本人も気にしているようで、最初は小声で短くしか喋らなかったが、二日目には能弁になり、僕にとって、その朴訥《ぼくとつ》とした宮崎訛りが耳に心地よく、訥々と喋る言葉の流れが血管に染み入るようで、いくらでも話してみたい相手だった。

長く話し合う過程でいろいろなことを知った。

ヒカルは商業高校を卒業後に地元企業に雇われた。車の免許を取ったのは高校三年生の夏休みで、それは地方に住む人間としては当たり前のことだったらしい。

「中古の軽自動車で仕事場に通いました」

驚いたのは就職してから二年間、ヒカルは自宅には帰らず、その軽自動車の中で寝泊まりしていたということだ。

父親は幼い頃にヒカルと兄を見捨てて女と逃げた。

その後一緒に逃げた女に捨てられ、年に一度くらい説教じみた手紙を寄こし、そのくせ家には一切金を入れない自分勝手な父親だったと言う。

母親はヒステリー気質、兄は——ヒカルの言葉を借りるなら——周囲の熱を奪うほどのネクラ体質で、そのうえ働きもせず、収入は母のパートの稼ぎだけだった。

住む家も長屋形式の老朽化した市営住宅で、狭い台所と四畳半一間の部屋しかなく、そこに母子三人が枕を並べヒカルは布団も母と同じだった。

そんな住環境に堪えられずヒカルは軽自動車での寝泊まりを決め込んだそうだ。

「あれは十八歳の大晦日《おおみそか》でした」

昔を懐かしむ口調ではなくヒカルが当時を振り返った。

「会社の近くの駐車場で夜を明かしました」

寒さに凍えながらの夜明かしだったらしい。南国宮崎といえども大晦日の気温は零度近くまで下がる。ガソリン代のことがあるので暖房も入れられない。

「車の近くに街灯がありました。それがとても眩しかったのを覚えています」

眩しくても移動する気力が無かったのだと付け加えた。

そんなことも含め、いくら小柄とはいえ軽自動車での寝泊まりは身体に応《こた》え、一念発起したヒカルはアパートの賃貸契約の資金を得るためデリヘルに職を求めた。

「さすがに昼夜兼業の仕事はきつかったので、稼ぎがいいデリヘルに絞ってお金が貯まるまで勤めました」

「今は辞めたんだ？」

「アパートに移り住んで辞めました。今は派遣でスーパーの警備員をしています」

そのアルバイト代が月に十万円程度にしかならないので、今でも洋服を買ったり、美味しいものを食べたくなったりすると、月に一、二回デリヘルの仕事は続けているという。

ここまで込み入った話をしてくれたのは、広いマンガ喫茶で二人きり、それはマンガ喫茶どころか、東京で二人きりという感覚もあったからなのだろうが、オープンスペースの窓の外が白々と明けるまで僕たちは話し合った。

「彼氏さんはヒカルがここにいることを知っているの?」

会話の流れで尋ねてみた。

「ええ、もともとこのマンガ喫茶は彼が勧めてくれた場所で。浅草には東洋館《とうようかん》という演芸館があって、彼も勉強のためそこに時々通っていましたから」

東洋館のことはもちろん知っている。観に行った事はないが、もともとは違う名前のストリップ劇場で、その幕間にお笑いを演じる芸人さんたちが舞台に立っていた。大御所芸人、というか世界的に評価されている映画監督までに登り詰めたあの人が、未だ売れていない時にその舞台に立っていた。

しかしそれにしても、遠く宮崎から会いに来た自分の彼女を、マンガ喫茶に泊まらせるというのはどうだろう。せめてカプセルホテルくらいは考えられなかったのだろうか。売れない芸人と車中泊を経験した元風俗嬢、愛だの恋だのではなく、二人の価値観はそんなものなのか。

「だったら彼氏さんも、ここに会いに来てくれるんじゃないかな？」

「どこからですか？」

それは分からない。

ヒカルの恋人がどこに避難したのか、僕には知るすべもない。

「もしかして避難のバスに乗らずに亀戸で待っているかも知れないし、ここの場所を知っているんだったら、こっちに向かっているかも知れないだろ。アパートの場所は知っているの？」

「ええ、彼の部屋で、相方さんと三人で鍋を食べたことがありますから」

「行ってみるの？」

「ええ、待っているかも……」

その望みは薄いだろう。もし彼が亀戸にいるのなら、とっくに浅草に来ているだろう。

「だいたいの道は覚えていますから、私行ってみます」

「それはどうかな？」

控えめに反論した。

「はぐれてしまったときのあるあるみたいなものだけど、お互いがお互いを捜し歩いて、行き違いになってしまうということはままあることだと思うよ。だからヒカルはここでジッとしている方がいいんじゃないかな。東京の地理は彼の方が詳しいんでしょ」

「ダメですか？」

ヒカルは納得していない表情で頷いた。

それからしばらく二人はそれぞれ物思いにふけり、陽が高くなってきたので表に出ることにした。

二日二晩一睡もしていなかったが眠気はまるで感じない。むしろ変な高揚感すら覚えた。東京に残されているのがヒカルと僕だけかもしれないと思うと無性に嬉しくもなった。ある種の万能感じみたものを僕は覚えた。

しかし三階のマンガ喫茶からエレベーターで一階に降りると——

降りる前に外を確認しておくべきだったと後悔した。

一階のコンビニ前に数名の浮浪者が屯《たむろ》していた。

それぞれコンビニ前の歩道に座り込み、それはコンビニに陳列されていた商品なのだろう、調理パンやオニギリをムシャムシャと無言で頬張っていたのだ。

無法地帯を思わせる光景だった。

僕が恐れたのは感染だ。ワクチン接種も受けていないのに、油断した僕たちはノーマスクで地上に降り立ってしまったのだ。

東京株の蔓延で多くの人が命を失った。

それは東京株の毒性が強かったということだけでなく、患者数の絶望的な増加で必要な医療が受けられない患者が続出した――これもツイッター情報だけど――ということもあったらしい。

確かに僕が得たツイッター情報でも、オミクロン株も含めた東京株の感染者数の増加は半端ではなかった。それ以前の、たとえば第五波とされる感染拡大においては、令和三年八月十九日の一日の感染者数が二万五千人を超えた。その日をピークに感染者数は漸減し、ワクチン効果もあって重症者、死亡者の数も抑えることができ、これでコロナ禍も収束するのではないかと多くの人が考えたはずだ。

続く第六波は、当初オミクロン株によるものだったのだろうが、第七波が現れる前に東京株による想定外のパンデミックに日本は見舞われた。

むしろそれは不幸中の幸いではなかったのだろうかと僕は思う。もし東京株の蔓延が、第五波の収束が見え始めた時期、すなわちオミクロン株による第六派との端境期のように、人心が緩んでいた時期だったとしたら、とんでもない事態になっていたに違いない。東京株によるパンデミックは想像を超えるものだったが、それでもオミクロン株という露払いがあったぶん、幾分かでもマシになったのではないか。

とにかく政府はメンツに懸けて東京株の抑え込みに躍起になった。それが度を超し、医療崩壊を招いてしまった。

オミクロン株の蔓延においては、重症患者のみ入院を受け入れると多くの地方自治体は決めていた。ところが東京株は中等症から死に至るまでの期間が短い。それもあって、新型コロナと診断された患者を一般病棟でも受け入れるよう厚労省から通達が下されたのだ。病床がひっ迫するのも当然で、その後先を考えない政府方針が医療崩壊を招いてしまった。

「お腹は空いていないよね」

ヒカルに確認した。

「ええ、あんまり」

それはそうだろう。

僕たちは徹夜で話し込んだ二日二晩、マンガ喫茶に陳列されていたカップ麺を、それぞれ五個も食べたのだ。それだけではない。間食にオカキやソフトスルメも食べた。

「マスクいるね」

「そうですね」

浮浪者たちは食事中ということもあるのだろうがマスクなどしていない。救いと思えるのは食べるのに夢中で会話をしていないことだ。クチャクチャと無我夢中で食べている。

「ここで待っていて」

ヒカルに言い聞かせてコンビニの店内に踏み込んだ。

思わず口と鼻を手で塞《ふさ》いだ。

店内に充満する異臭に吐き気を覚えた。

(どれだけの浮浪者がこの店内に出入りしたのだろう)

汗と垢《あか》と糞尿《ふんにょう》がブレンドされた臭いだった。

入口で立ち竦んだ僕はイートインスペースで食べていた連中にギロリと睨《にら》まれた。彼らも浮浪者で警戒する目で睨んでいるだけだ。日焼けなのか垢なのか、黒い肌にやたらと目立つ充血した眼が微妙に振動している。

誰も僕に声を掛けようとはしない。手を止めて睨んでいるだけだ。むしろ彼らはコンビニの店員が戻ってきたのではないかと身構えているようだった。

彼らの視線を逃れ陳列棚に向かった。

店内は荒らされ放題で多くの棚が空っぽになっていたが、案の上、陳列棚の側面に吊られているマスクには誰も手を出していなかった。そのマスクの包みを近くにあった大型のゴミ袋に全部詰め込んで僕はコンビニを後にした。

「いったん戻ろう」

ヒカルに声を掛けてエレベーターに乗り込んだ。

僕が二階のボタンを押すとヒカルが不思議そうな視線を僕に向けた。

「二階はファミレスだっただろう」

ヒカルが頷く。

「ファミレスのキッチンでバイトしていたことがあってね。ここ])とは違うチェーン店だったけど、内容はそれほど変わらないんじゃないかな」

僕の考えたとおりだった。

多少の違いはあるものの、キッチンの側面の壁に備え付けられた大型の冷凍冷蔵庫といい、並べられた調理器具といい、ほとんど使い勝手の分かるものばかりだ。

コンビニが緩衝帯になったのだろう、浮浪者の姿も見当たらない。空気も澄んでいる。

この設備とストックがあれば、一ヵ月か二ヵ月は食い繋げるなと僕は胸を撫《な》で下ろした。ドリンクバーで後ろをついてきたヒカルに問い掛けた。

「なにか欲しいものある？」

「お水で」

「もう東京は棄てられた街なんだよ。遠慮しなくていいよ」

「だったらコーラで」

グラスを二個取って、それぞれをコーラで満たした。

ヒカルと二人で飲んでから僕はキッチン内へと足を踏み入れた。

ヒカルはアヒルの雛《ひな》のようについてくる。

目的のものは直ぐに見つかった。会社が違っても、キッチンの構造はやはり似たようなものになっているようだ。

流し台の横に設置された包丁受けからいちばん刀身の長い包丁を抜き取った。僕が前にキッチンクルーとして働いていたファミレスでは、主に板状のゼリーを賽《さい》の目に切る包丁だった。刀身が長い方が効率よく切れるのだ。

ウエスでしっかりと巻いて腰のベルトに挿した。

「念のためにね」

不安顔で見ているヒカルに微笑み掛けた。

「そうですよね」

ヒカルも微笑んでくれた。

僕が定宿にしていたマンガ喫茶にはファミリールームと呼ばれるブースがあった。ひとつしかないが僕はそれを使ったことがない。試しに覗いてみると掘り炬燵《ごたつ》のある広い部屋だった。フラットシートの三倍くらいの広さがある。四畳半くらいのスペースだった。

「この部屋良くない？」

ヒカルに問い掛けた。

「ゆったりしているし、掘り炬燵もあるから寒くもないし」

追い出しの意味もあるのだろうが、マンガ喫茶の冷暖房は午前五時頃には切られてしまう。もちろん今は僕たちのやりたい放題なのだから温度調整も自由にできるが、点けっ放しというのも気が引ける。

「本格的な冬だからね」

僕は多弁になる。

問題はそんなことではない。

年齢が離れているとはいえ僕は中年男性で、ヒカルは三十路手前の女性なのだ。そんな二人が同じ部屋で暮らすというのは、あれこれと問題があるように思える。

しかし神に誓ってもいい。

僕はヒカルに対し一切の邪念を抱いていない。ヒカルをどうこうしようなどという気持ちは微塵《みじん》もない。ただひとりでいるのが不安で寂しいだけなのだ。

「なにもしないから。指一本ヒカルに触れたりしないから。だってヒカルには彼氏さんがいるんでしょ。ヒカルとなんかあったら、彼氏さんに申し訳ないじゃない」

その時点で僕は近いうちに東京都民が帰って来ると勝手に思い込んでいた。まさかほぼ無人となった東京の状態が長期に及ぶ日常になろうとは想像だにできなかった。

「ヒカルのことは大事にするけど、それは家族として大事にするという意味だから」

言えば言うほど怪しく聞こえる。

でも本当なのだ。

僕は草食系男子なのだ。

オキニのエロビデオの女優も、熟女とか巨乳女優とか、ましてや痴女なんかは苦手だ。微笑を浮かべカメラ目線で美味しそうにフェラをする、あるいは大袈裟《おおげさ》な喘《あえ》ぎ声を上げる。そんな女優も僕は苦手だ。

どちらかといえば、少し顔を顰《しか》めながらセックスする小柄で幼い貧乳の女優が僕の好みなのだ。肉感的な女性には腰が引いてしまう。

ただそれをそのまま当て嵌めれば、ヒカルみたいな子が好みだということになるが、映像と実際は違う。そもそも性体験のない童貞中年男である僕は、自分が生身の女性とセックスをするという情景さえ想像できない。

浅草で僕が定宿にしていたマンガ喫茶の近くに個室ビデオ店があった。未だ会社勤めをしていたころ試しにそこに足を運んだ。試してみたのは飛び出るアダルトビデオだ。

水中メガネのような3D眼鏡を借りて専用のアダルトビデオを鑑賞した。

立体に見えた。

だがそれだけのことだった。

むしろ変な臨場感があって、それは立体に見えることを強調したいためなのかも知れないが、対応しているAV作品の出演女優は僕の苦手な巨乳女優ばかりで、結局のところ僕はまったくイケなかった。

リアルバーチャルに臆《おく》してしまった。

バーチャルでさえそうなのだ。

リアルセックスなどとてもじゃないが僕には無理だ。

「いいですよ」

面倒臭い僕の思惑などに構わずヒカルは同意してくれた。その面持ちに警戒心はなかった。少なくとも僕にはそう思えた。

僕たちは何枚かの貸し毛布をファミリールームに運び込んだ。マンガ喫茶の貸し毛布は普通の毛布の半分くらいの丈しかない。幅もだ。

それでお互いの寝床を作った。

僕は出入り口の反対側を自分の寝床とした。

ヒカルは掘り炬燵を挟んだ場所に寝床を設けた。

掘り炬燵といっても、それはマンガ喫茶の案内板にそう書かれていただけで、実際に足を入れる段差があるわけではない。炬燵布団が掛けられたやぐら炬燵が置かれているだけだ。全体の構造としてはフラットシートと変わらない。

そこで僕とヒカルは安定した暮らしを始めた。

それまでの習慣で毎朝七時前には目が醒めてしまうが、ファミリーレストランに出勤する必要もない。大量に運び込まれる冷凍の食材を冷凍庫、冷蔵庫にしまったり

(これがいちばんキツイ仕事だった)、客席から引き上げられた食器を自動食器洗い機にセットしたり(素早く対応しないと山盛りになってしまう)、解凍した食材を決められた大きさに細切れにしたり(ミリの単位で指導される)、ベルトコンベアー式のホットグリルから流れてくる肉や卵焼きを盛り付けたり(指先を何度か火傷した)そんな日々を繰り返す必要もないのだ。

これらの業務一つひとつは、それほど困難な業務ではないのだが、少しでも手を抜くと、あるいは遅れると、たちまち苛立たし気な叱責に晒《さら》される。

叱責するのも同じキッチンクルー(即ちアルバイト、フリーター、要するに非正規雇用)の立場なのだから堪《たま》らない。

僕はヒカルとの穏やかな生活を満喫していた。時間に縛られないということがこれほど安らかなことだとは、これまでの人生で知ることがなかった。

ゆとり教育世代なのだから、ゆとりを持って人生を過ごしてきたのかといえばそうでもない。少なくとも社会人になってから僕はいつもなにかに追われていた。

4　東京ゲットー

僕はヒカルのために、毎日、二階のファミリーレストランのキッチンで調理した。

それを僕たちはマンガ喫茶のオープンスペースで食べた。

半調理された食材で作った料理でも、ヒカルは美味しい美味しいと悦《よろこ》んで食べてくれた。

食後は二人でマンガを読んだりネットの映画を観たり、自由気ままに過ごした。

しかしそんな生活は二週間と続かなかった。

ファミリーレストランの冷凍冷蔵庫の食材が切れたわけではない。

匂いだ。

電子レンジで調理しただけならまだしも、コンベアーグリルで調理すると匂いが出る。

例えば冷凍されたハンバーグ。

電子レンジで解凍する。中まで火が通ったように温める。

それだけでは完成しない。

鉄板皿にのせ、コンベアーグリルを通して焼き色を付ける。コンベアーの入口から出口まで二分くらい流されたレンチン食材に焼き色が付く。

ハンバーグの場合は仕上げにデミグラスソースを回し掛ける。

このデミグラスソースも冷凍されたもので、同じく電子レンジで解凍するが、グリルで十分に熱せられた鉄板皿の上で細かな泡が躍り、ハンバーグから溢れた肉汁とあいまって食欲をそそる匂いが周囲に溢れる。

その匂いが奴らを誘《おび》き寄せたのだろう。

奴らとは浮浪者の連中だ。

昼前、僕がいつものように三階からの階段を降りると、二階に人の気配があった。臭いもした。ツーンと鼻にくる異臭だ。

身構えて階段の途中からファミリーレストランの店内を窺い見た。三人の人影があった。全員が店内を物色している。今朝もヒカルのリクエストでハンバーグ定食を作った。その残り香を辿《たど》って二階に来たのだろうか。

（バカめ）

僕は小声で呟いた。

いくら探したところで調理されたハンバーグなどありはしない。冷凍庫にカチカチに凍らせたタネがあるだけだ。それを調理できる者などいないのだろう。

（どうする？）

自身に問い掛けた。

僕が階段の途中で逡巡《しゅんじゅん》していると三人の男とは別に奥から二人の男が姿を現した。内容が聴き取れない話し声があって、しばらくしてからファミリーレストランのドアが開いた。

僕はとっさに身を隠した。

異臭が強く漂った。男たちはそれぞれ肩に大型のゴミ袋を担いでいる。

声が階段を昇って聞こえてくる。

「こんなもん持って帰って食えるのかよ」

「カセットコンロがあるべ」

男たちの足音が階段を下っていく。

足音を忍ばせて三階に戻った。

マンガ喫茶のドアは僕が出る時、ヒカルに言って施錠してある。コンコンとドアガラスを叩くとヒカルがマンガの並べられた棚から用心深く顔を出して、僕と目線を合わせ駆け寄って来る。内側から解錠してくれた。

「おかえりなさい。早いんですね」

ドアを開けながらヒカルが言う。

「二階はダメだ」

僕はヒカルに告げながらドアを施錠する。

「ダメ?」

「ああ、浮浪者に目を付けられた。冷蔵庫の中身も根こそぎにされたに違いない」

「もうハンバーグは食べられないんですか?」

ヒカルの質問に拍子抜けした。

確かにハンバーグはもう食べられないだろうが問題はそこではないのだ。もっと深刻なのだ。

「連中はコンビニやスーパーの食材を根こそぎにした可能性がある。それで小売りでないレストランとかも狙い始めたと考えるべきだろう」

ヒカルが首を傾げる。

事態の深刻さが理解できていないようだ。

「とりあえず部屋に戻ろう」

ドアを施錠しヒカルを促してファミリールームに戻った。

「いいか、ここでジッとしているんだぞ」

言い聞かせて、ウエスに巻いた包丁を手にした。それを腰のベルトに差し込んでブースを出ようとした。

「どこに行くんですか？」

ヒカルの表情に怯えの色が浮かんでいる。

「どこにも行かない。外の様子を見てくるだけだ」

マンガ喫茶の出入り口は二つしかない。さっき僕が戻ったフロント玄関と反対側の奥にある非常口だけだ。非常階段の外には隣のビルの壁があるだけだが、一階の途中まで鉄階段を降りたら外の様子を窺えるはずだ。

「いいか、ジッとしているんだぞ」

念を押して非常口へと向かった。

三階から二階、二階から一階へと慎重に降りて、外の様子が窺える階段の途中で身を乗り出し偵察してみた。ビルとビルの隙間から見える通りに人影はない。

一段一段慎重に降りた。

ついには地上に至ったが、それでも得られる情報はほとんどない。

何日ぶりの地上だろう。

街は無音だった。話し声ひとつ、車が走る音さえ聞こえない。深夜でさえ、これほど音の消えた浅草を僕は知らない。

包丁を腰のベルトから抜き取った。ウエスは巻いたままにした。白昼堂々抜き身の包丁を持って外に出るのは憚《はばか》られた。

マンガ喫茶の隣ビルの壁に背中を押し当てて顔だけ出して外を窺った。

江戸通り方面に人はいない。ビルというビルのシャッターが下ろされている。反対側の雷門に目をやって思わず声を出しそうになった。雷門前の交番が黒焦げになっていた。

(暴動でも起きたのだろうか?)

いやそれはない。

もし暴動が起きたのであればマンガ喫茶の店内にいても物音に気付いたはずだ。

国家権力への反感——

そう考えるのが自然に思えた。

交番はもちろんコンクリート造りだ。木造ではない。それが黒焦げになるということは、可燃性の油、ガソリンとか灯油が撒かれたということだろうか。実物を見たことはないが、火炎瓶とやらが投げ込まれたのかも知れない。

(臭いはしなかったな)

僕はそのことに首を傾げた。

マンガ喫茶にはオープンスペースに窓があるだけだ。その窓も、冬場は断熱効果を高めるために締めきっている。だから燃える臭いに気付かなかったのだろうか。

雷門に人影はない。黒焦げの交番と無人の雷門。

一階のコンビニを覗いてみると商品棚に陳列されていたはずの商品はきれいさっぱり消えていた。その不気味な空気に僕は踵《きびす》を返した。

いずれにしてもこの状態で外を出歩く気にはとてもなれない。

マンガ喫茶に戻り非常口から店内に入って施錠した。

「どうでした？」

非常口の傍らで佇《たたず》んだまま待っていたヒカルに尋ねられた。

「分からない」

「分からないって……」

「とりあえず誰もいなかった」

そう言うしかなかった。

まさか交番が黒焦げだったとは言えない。ただでさえ不安そうな顔をしているヒカルの不安をいっそう煽《あお》るだけだ。

「そうですか」

ヒカルも他に言葉がなかったのだろう。不安顔のままで納得した。

「それよりこれからどうするかだな」

「どうするかって？」

とっさに答えられなかった。

「先《ま》ずは情報収集だな」

以前よく使っていたリクライニングシートのブースに足を向けた。

もちろんヒカルも後に続く。リクライニングシートのブースはひとり用だ。ヒカルは僕の背後に立って肩越しに画面を覗き見ることになる。

黒い革張りを模したリクライニングシートに腰を下ろしデスクトップの電源を入れた。自分のツイッターアカウントに入ってタイムラインをチェックした。二週間分のそれを遡《さかのぼ》るうちに僕は身体が震え出した。

（いったい僕はなにをしていたんだ）

激しく後悔した。

ツイ廃と言われても仕方がないほどツイッターに齧《かじ》り付いていた僕なのに、ヒカルとの暮らしが始まってから、すっかりツイッターのことを忘れていた。浮かれていた。

それまで僕が世間と繋がっていたのはツイッターだけだったんだ。その僕がツイッターからこんなに長い期間離れるなんて——

「彼氏さんとは連絡を取っているの？」

ヒカルに背を向けたまま尋ねた。

「それがいつ電話してもダメなんです。ラインも未読のままだし」

ヒカルの声が哀しそうだ。

「どうなっているんですか？」

ヒカルに質問された。

「避難民は避難先で隔離されているらしい」

ツイッターから得た情報だった。

「一ヵ所に閉じ込められているんですか？」

「東京都民だけで千何百万人かいるんだ。一ヵ所ではないだろう」

近隣地域を含めれば膨大な数になる。

「これはツイッターで呟かれていた情報なんだけど……」

画面を確認しながらヒカルに伝えた。

避難民は避難先で一定期間隔離されるらしい。

その間に感染検査が行われる。

どこにどのような状態で隔離されているのか、行われる検査がどのような検査なのか、その情報を得ることはできない。

「どうしてなんですか?」

抗議する声をヒカルが発した。

「政府の発表によると、デマとかで無用な混乱が発生することを防止するために、隔離者はその場で携帯を没収されたらしいんだ。中には持ち物検査の網を免れて、こっそり携帯電話を持ち込めた避難民もいたみたいだけどね。なにしろいろいろな地域に分散されたとしても、避難民は膨大な数だっただろうし、監視がおざなりになった避難所もあったんだろうね」

「それで連絡が取れないんですね」

ヒカルが胸を撫で下ろす。

「でも……」

「なんですか?」

「いや、なんでもない。ヒカルには関係ないことだ」

誤魔化したが関係ないことはない。

ツイッターの呟きによると、隔離期間中に発病した者は、さらに別の「収容所」に隔離されるらしい。「収容所」という呼び名を呟いているアカウントは悪意を持って呟いているのだろうが、「収容所」に隔離された患者はろくな治療も受けられず、自然治癒を待つだけらしい。過去の自宅待機患者の例を見るまでもなく、患者の多くがそのまま死に至ることも珍しくない。オミクロン株ならともかく東京株に感染していたら絶望的だと呟かれていた。

あるアカウントが目に留まった。

ツイッターの限られた文字数制限の中で、そのアカウントはツイートをスレッドにし、東京逆ロックダウン当日からの出来事を呟いていた。

自己紹介欄の情報によると、アカウント主は三十七歳の会社員で、同い年の妻と小学三年と六年の息子の四人暮らしだった。他にも趣味などが綴られていた。

練馬《ねりま》区在住の彼が集合場所として指定されたのは石神井《しやくしじい》公園だった。

午前八時の集合時間より一時間早く集合場所に家族を伴《ともな》って訪れた時点で、公園の横の富士《ふじ》街道には大型バスが長蛇の列を成していた。待機していた防護服の機動隊員から身分を照会され、指定されたバスの列に並んだ。

バスの定員は六十名と説明されたが、実際に乗車してみると、それは補助席込みの定員で、持ち込める荷物も厳しく制限された。成人はボストンバッグひとつ、子供は手提げ袋のみという厳しさだった。

集合時間前から満席になったバスは次々と出発し、後にはたくさんのキャリーバッグ類が残された。

彼と彼の家族を乗せたバスは途中車列を離れ、前後に三台、計四台のバスが到着したのは伊豆半島《いずはんとう》の付け根にある函南町《かんなみちょう》だった。所要時間は三時間ほどで、途中トイレ休憩もなく、幸い四台のバスが乗り付けたのがゴルフ場だったので、余裕のある者はクラブハウスのトイレで、無い者や子供はコース内の木陰で用を足した。

その後避難民一行はクラブハウス内に待機するよう指示されて、そのまま四日間放置された。暖房は入っていたものの、夜ともなれば厳冬の寒さに震えた。毛布一枚配付されなかったうえに、換気を目的に、クラブハウスのドアや窓が開放されていたのだから当たり前だと彼は怒りをぶつけている。

食事は朝晩の二度で、調理パンが各人に一個ずつ配られた。飲み物は初日に配付されたペットボトルの水だけで、切らした避難民はトイレの水道水で補給するしかなかった。

待機の四日間が終り、体温測定が行われた。三十七度五分以上の熱を発していた者は、家族同行の者も、それは子供であろうが関係なく中型バスに乗せられた。

残された者はさらに一週間、ゴルフ場のクラブハウスに足留めされ、食事内容はそのままで、二度のPCR検査を受けさせられた。検査結果が陽性だった者も発熱していた者も、再び中型バスでどこかに運ばれた。

――これから所持品検査が行われます。スマホが没収されています。

スレッドとは別に、そんな短い呟きでツイッターへの投稿は途切れていた。

この情報がどこまで正しいのか僕に判断することはできない。盛っているのかありのままなのか、僕には確かめることもできない。

そんな情報をヒカルに教えられるわけがないだろう。

「それより、もっと考えさせられる情報があるんだ」

「考えさせられるって？　どんな情報なんですか？」

「二つある」

そのどちらも好ましい情報ではない。少し迷って僕は続けた。

「東京に取り残された人間が暴徒化しているらしい」

さっき目にした黒焦げの交番が脳裏に浮かんだ。

「食糧などを求めてコンビニやスーパーが荒らされているようだ」

それは東京に残された棄民者からの情報が拡散されたものだった。

「コンビニ荒らしなら私たちも目撃しましたよね」

ヒカルが相槌《あいづち》を打つ。

「ああ、浮浪者たちが荒らしていたよね」

多くのコンビニやスーパーが打ち壊しを懸念して入口を施錠しないまま避難したらしいが、そうしなかった店は、ガラス戸を叩き割られ、腹いせに放火までされたらしい。

「だから下のコンビニも扉を壊されていなかったんだ」

僕は頷いたが、暴徒化しているというのはそれだけを意味するものではなかった。レイプ犯罪や強盗犯罪が頻発《ひんぱつ》しているらしい。

悪い報《しら》せはそれだけではなかった。おそらくその大半は東京株によるものだろうが、路上で行き倒れている死体が幾つもあるらしい。それらはカラスの餌《えさ》になっている──らしい。

「むしろこっちの方が僕たち二人にとっては深刻な問題かも知れないけど……」

カラスの餌になっている死体のことには触れずに話を進めた。

政府は東京エリアに残留した者たちを、自衛隊を使って収容すると発表していた。

その発表が五日前だった。

「自衛隊が助けに来てくれるんですね。それがどうして深刻な問題なんですか？」

当然の疑問だ。

「その時期が明らかにされていないんだ」

オンラインによる国会議論で政府は繰り返し野党からその時期を質問されていた。その度に担当大臣は「可及的速やかに」とお決まりの答えになっていない答弁をするだけだった。

そのうち世論が動き始めた。

東京エリアに残されているのはホームレスとか住所を持たないネット難民だろう。そいつらは自己責任で取り残されたのだから国税を費やしてまで助ける必要はあるのか。

そんな意見が呟かれ、徐々に同意する呟きが現れ、たちまちそれが世論の主流になってしまったのだ。

自己責任――

（またかよ）

僕はうんざりする。

今までの人生の中で、いったい何度その言葉に自分を諦めてきただろう。

最初に勤めた会社でサービス残業を命令された時も「仕事が遅いからだろう。オマエの自己責任じゃないか」そう言われるとなにも言い返せなかった。

整理解雇のときもそうだ。「オマエは会社に必要ない人材だ。会社が存続するためには、余計な社員に給料を支払うような無駄はできないんだ。こうなったのもオマエの自己責任だと思ってくれ」そんな言葉で整理されてしまった。

整理された後に勤めたファミレスでもそれは変わらなかった。

熱があって体調が悪いと休みを申請するとそれは却下された。バイトが休むためには代わりにシフトに入ってくれる同僚バイトに頼むしかない。しかしバイトを始めたばかりの僕には頼める相手がいなかった。「だったら自己責任で出てもらうしかないね」と、その一言で僕は体調不良のまま出勤し、その後二日も寝込んでしまった。

二日寝込んだ三日目の朝、僕は未だ熱が下がらなかったけど、なにも言わず黙って出勤した。もしかしたら、あのとき僕は新型コロナに感染していたのかも知れない。でも検査を受けるのにはそれなりの費用が必要だ。もちろんそんなものを会社が出してくれるわけがない。もしコロナだとして、重症化しなかったことだけが幸いだと僕は考えるしかなかった。

僕が得た情報をヒカルに伝えた。

「昨日の発表で政府は早くとも三年後には救助すると発表したらしい」

「三年……」

ヒカルが絶句する。

三年という期限の根拠として政府はスペイン風邪の蔓延と終息を例示していた。

スペイン風邪は第一次世界大戦中から戦後に全世界を襲った感染症だ。全世界で一億を超える人が病死し、当時はワクチンや特効薬もなく、このまま人類が滅亡するのかと恐れられたが、蔓延から二年の期間を経て終息した。

ウイルスが弱毒性に変異したのか、人々が集団免疫を獲得したのか、それには諸説あるが、いずれにしても、災禍《さいか》は二年で地上から姿を消したらしい。だから三年以内と定めたというのだ。

（おかしいだろう）

（外の世界の人間はおかしいと思わないのか）

そんな想いが僕の脳内を駆け巡った。

もともとの議論の発端は東京エリアに取り残された人間の扱いだったはずだ。それがいつの間にか、東京株に限らず、スペイン風邪に準《なぞら》えた新型コロナの収束に置き換えられている。誰がどう考えたっておかしくはないか。

「三年は長過ぎるでしょう」

ヒカルが悲鳴にも似た抗議の声を上げた。

「それで世論は納得したみたいなんだ」

「三年もどうやって生きていくんですかッ」

初めて聞くヒカルの大きな声だった。

「私たちは徒歩で避難するんですかッ。どこまで避難すればいいんですかッ」

ヒカルの追及が止まらない。

「暴徒化しているってさっき言ったろ。徒歩で避難するなんて危険だよ」

普通の暮らしがある場所まで歩いて避難するなんて、どれだけの日数が掛かるのか想像すらできない。僕ひとりならともかく、ヒカルは女の子なんだ。レイプ犯罪が横行している東京エリアを、ヒカルを連れて何日も歩けるはずがないじゃないか。

「東京エリアという呼称も使われなくなっている」

なおも画面をスクロールしながら僕は呟いた。

新しい呼称が急激に広がり始めていた。

『東京ゲットー』

僕たちが住む場所の新たな呼称だ。

もともと僕がフォローしていたアカウントの多くは政権を非難する、あるいは揶揄《やゆ》するアカウントだった。そのアカウントにぶら下がる否定的なリプライのアカウントを訪れて、僕はその呼称を知った。

そしてその呼称は、多くの、東京エリアに棄民された者の救出に否定的な意見を述べているアカウントでも使用されていた。それらのアカウントには、政府が発表した三年という期限を歓迎する意見や、あるいは生温《なまぬる》いという意見さえあった。

言葉の意味を知らなかった僕はゲットーの意味をグーグルで検索した。

主に四つの意味で使われた言葉だと知ったが、政権を擁護するアカウントがその内のどの意味でゲットーという言葉を使っているか、深く考えるまでもなく僕は理解した。

第二次世界大戦においてナチス・ドイツがユダヤ人を強制収容した施設、それがゲットーと呼ばれていたのだ。

小中高の歴史の授業は明治維新で終ってしまう。その後の歴史には触れることがない。だから僕は第一次と第二次の二つの世界大戦があったことくらいは、そして第二次世界大戦において日本が敗戦国になったことくらいは知っていた。しかし詳しくは知らなかった。教えてももらえなかった。

意味を知ってみれば酷い呼称だが、ツイッター民の多くはたいした考えもなくそんな言葉を使ってしまう。どれだけ自分たちが酷いことを呟いているのかという自覚さえないのだろう。

もし逆の立場であれば、僕もその呼称を使っていたかも知れない。『東京エリア』と言うより『東京ゲットー』と言った方がどことなくスマートに思えるからだ。

しかし言われる立場になってみると、その呼称が胸に刺さる。剝き出しの悪意に不愉快になる。

中世ヨーロッパでいうゲットーにはユダヤ教徒を隔離するという意味があったらしい。

またアメリカの大都市部では、黒人や移民したラテン系、アジア系の貧困層が住むエリアをゲットーと呼んだりもしたらしい。

しかし悪意を持って東京ゲットーという言葉を使う人たちが意味するのはナチス・ドイツが設けたユダヤ人強制収容所だろう。

ユダヤの人たちは、ユダヤ人という理由だけで、そこに収容された人の大半がガス室送りになって殺されたのだ。政権を擁護する彼らも、これを好機ととらえ、東京に残留したホームレスとか僕らのような貧困層が整理されることを歓迎しているのに違いない。

その悪意を指摘するアカウントもあった。

それに対して政権を擁護するアカウントは悪意を否定し、自分たちは貧困層を隔離しているから——それも能動的ではなく自然発生的に——今の東京をゲットー呼ばわりしているのだと白々しい反論を呟いていた。

どちらの理由であるにせよ『東京ゲットー』は、新しい固有名詞として定着しつつあるようだ。

「僕も迂闊《うかつ》だった」

正直な感想を口にした。

「二階のファミレスを見て一ヵ月か二ヵ月は凌《しの》げると思った。それだけの時間があれば、いずれ政府が助けてくれるに違いないと高《たか》を括《くく》った」

後悔先に立たずだ。

「取り残されたと知った時点で動き始めるべきだったのだろうけれど、ある意味そうしなくて良かったといえるかも知れない」

僕にそんな行動力はない。あれば避難に取り残されることもなかっただろう。

「どうしてなんですかッ？」

「残された奴らの一部が、レイプ犯罪とか起こしているらしいんだ」

その言葉にヒカルが息を呑む気配がした。

「後で二階の在庫を確認してみよう。使えるものがあれば、こっちに持ち帰って保存しておくんだ。それで食いつなぐしかないだろう」

「三年も？」

ヒカルが言う。

当然の疑問だ。あの浮浪者の連中がどれだけの食材を残していったのか確認してからのことになるが、いずれにしても三年は無理だろう。

「とにかく情報を集めてみる」

ヒカルの疑問に答えられない僕はそんな言葉で逃げた。

「ツイッターで？」

またヒカルの疑問だ。その言葉に僕はイラッとした。確かに僕はヒカルと出会う前、正規の仕事を解雇されてからずっとツイッターに貼り付くような暮らしをしていた。ツイ廃と言われても反論できない暮らしぶりだった。

「他に情報源がないんだから仕方ないじゃないかッ」

言い捨てて、新たなツイッターの画面を開いた。

翌朝、といってもまだ深夜といえる時間だが、僕はマンガ喫茶に置いてあった懐中電灯を手にファミレスの在庫を確認した。左手に懐中電灯、右手にはウエスを解いた包丁を握っていた。こんな時間にファミレスの照明を点けるわけにはいかない。

壁に扉を並べる冷凍冷蔵庫は四つある。全部の扉が開いたままになっていた。確認作業はそれだけで十分だと思えたが、念のため僕は中身を確認した。

一言で言えば絶望的だった。

根こそぎにされていた。

僕がツイッターから得た情報では、東京ゲットーに残された住民はコンビニやスーパーから食糧を強奪していた。それが切れてファミレスにターゲットを変更したのか。

この状態で三年間――

僕は絶望の淵《ふち》に叩き込まれた。

三階のマンガ喫茶に戻ってありのままをヒカルに告げた。ひとりで抱え込める事態ではなかったし、その場をごまかしても早晩バレてしまうに違いない。

ヒカルは僕の言葉に質問も反論も挟まず大人しく耳を傾けてくれた。すでに諦めているようにも思えた。話し終えて、僕らはファミリールームに横になった。とても眠れる気分ではなかった。

そして明け方、頭が混乱していた僕は、とんでもないミスを犯していたことを知らされる。

マンガ喫茶の入口の鍵を掛け忘れたのだ。

5　ホムレ

異臭に気付いた。

マンガ喫茶の入口あたりに人の気配がする。

ひとりや二人ではない数の人間がマンガ喫茶に侵入してきている。

そっとヒカルを揺り起こした。

口を手で塞いで声を出すなと目で訴えた。

ヒカルも異臭と人の気配を感じたのだろう。コクリと頷いた。

僕も頷き返して包丁を手に取った。

「誰もおらんと思うが、一応、ぜんぶチェックや」

関西弁の男が怒鳴り声で指示し、そこかしこのブースのドアを開け閉めする音が店内に響き渡った。その音が、ヒカルと暮らすファミリールームへと近付いてくる。サイズの合わない長靴でも履いているのかズルズルと引き摺るような足音だ。

来るな、来るな、来るな、来るな……

必死で祈るがドアがガタガタと音を立てる。施錠しているので開きはしない。

「リーダー」

掠《かす》れた声が叫ぶ。酒で喉が潰れているのか風邪でもひいているのか。

「なんやッ、誰ぞおったんかぁ」

入口付近から声がする。

「ここだけ鍵が掛かっています」

「ちょっと待っとれ」

威勢のいい声が応え、カッ、カッ、カッ、カッという金属質な足音が近付いてくる。

「この部屋かッ」

問い掛けに応える前に再びドアがガタガタと音を立てる。

「誰か居《お》るんか？　居るんやったら出て来んかい。心配すな。外が寒いけぇ、ワイらはネグラを探しにきただけなんや」

全身汗塗《あせまみ》れになりながら必死で考えた。

出ないという選択は考えられない。

遅かれ早かれ相手はドアを蹴破ってでも入って来るだろう。

さっきの足音は土木現場で履くことを義務付けられている鉄板入りの安全靴とかいう靴の足音に違いない。そんなもので蹴られたらファミリールームの扉などひとたまりもないだろう。

しかしヒカルがいる。ツイッターでも呟かれていたではないか。暴徒化した棄民らはレイプ犯罪に及んでいるのだ。ヒカルをそんな目に遭わせるわけにはいかない。

部屋の隅で毛布に包《くる》まり、丸まっているヒカルを手で制して包丁を握り締めてドアに歩み寄った。

「大人しくしますから乱暴はしないで下さい」

ドア越しに相手に語り掛けた。

「なんや、オマエ、ニワカかいな」

拍子抜けしたような声が返ってきた。

ニワカ？

相手の言葉が理解できなかった。

「心配せんでええ。ワイらは寒さシノギをしたいだけや。乱暴なんかするかいな」

相手が笑いの混じる声で応えた。

恐る恐る鍵を開けた。

ドアの向こうには僕より頭二つくらい身長が高い、それでいてかなり痩せている男、いや老人というべきか、年齢不詳の坊主頭の人物が仁王立ちしていた。

「すみません。急なご訪問だったので……」

自分でも意味の分からない謝罪の言葉が僕の口を衝いて出た。

「こっちゃこそ驚かしてゴメンやで。で、ニイチャン、ここに住んどるんかいな？」

「はい、二年くらい前から……」

「そうか。さっきも言うたとおり、ワイらはネグラが欲しいだけやねん。ジャマはせんさけぇ、この店で横にならしてもろてもええか？」

言葉遣いは横柄だが意外と人当たりのいい相手だった。

「ええ、もちろんです」

「ほな、そうさしてもらうわ」

「この先のドリンクコーナーの奥にシャワールームもありますから」

「え、ワイら臭うか」

「いえ、そういうわけではなく……」

「遠慮せんでええ。ワイらはニイチャンみたいなニワカとちごて、筋金入りのホムレやさけぇ」

ホムレ――

少し考えてホームレスのことだと推測した。

「ニワカって？」

「今回のことで俄ホームレスになった連中のことや。ワイらホムレよりよほど質《たち》が悪い人間が多いけどな」

男の視線が僕の右手に注がれている。

「あ、これは……」

僕は慌てて包丁を背中に隠した。

「かまへん、かまへん。どうやらニイチャンはアイツらとは違うみたいや」

マンガ喫茶に乱入したホームレスは全部で六人だった。腰の曲がった老婆がひとり混じっていた。その老婆を先頭に彼らが交代でシャワーを使い始めた。

「あぁ、サッパリした」

バスタオルで坊主頭を拭きながら先ほどの男が僕たちの部屋に姿を現した。手にはドリンクコーナーの紙コップを持っている。

「ちょっとそこの広いとこで話でけるか？」

丁寧な言葉で語り掛けられた。

「オープンスペースですね。ええ、僕もお話が聞きたいです」

言って僕らのブースから移動した。

ヒカルの扱いをどうするか迷ったが一緒に移動することにした。

僕は彼らを完全には信用していない。ほとんど話をしていないのだから当然だ。

僕が食糧補給の足場と決めたファミレスの冷凍庫、冷蔵庫から大量の食材を盗み出した浮浪者の連中のイメージを消すことができない。僕自身が盗み食いをしていたのだから彼らをどうこう言える筋合いではないのだが。

ドリンクバーから自分の分とヒカルの分、コーラを二つ紙コップに入れオープンスペースへと移動した。僕と話がしたいと言った男以外は、受付カウンターの前の床に尻座りして、残り少なくなったカップ麺を食っている。

ヒカルを隣に座らせホムレの男とテーブルを挟んで向き合った。

「先に僕から自己紹介させてもらいます」

断って現在に至るまでの自分の状況をかいつまんで述べた。

僕の知る範囲でヒカルのことも喋った。

宮崎から亀戸に住む恋人を訪ねてきて巻き添えになったのだと告げた。ヒカルが高校を卒業後の二年間を軽自動車で暮らしていたこと、その生活から逃れるためにデリヘルに勤めていたこと、今でもスーパーの警備のアルバイトだけでは足りない生活費を、スポットでデリヘルに入って稼いでいることは伏せた。

あたりまえだ。ヒカルが性に無防備な女だとは思われたくない。いたずらに彼らを刺激したくはなかった。

「ほな、ワイもワイらのことを紹介させてもらうわ」

ホムレの男が話し始めた。

「ワイの名は……」

軽く言い淀《よど》んだ。

「名前はもう捨ててるねんけど、チームのみんなからはリーダーと呼ばれとるな」

チーム？

リーダー？

初っ端から理解し難い言葉が並んだ。

ニュアンスとしては理解できる。しかしそこに至る経緯がまるで想像できない。

「チームって？」

「まぁそうやな。共助会みたいなもんや」

助け合う仲間ということだろうか。

自助共助公助。

前の総理大臣の言葉が頭に浮かんだ。

まずは自分でなんとかしろ、それでもダメなら助け合え、どうしてもダメな時だけ国が手を差し伸べてやる。

国民に寄り添う政治とか言いながら無責任だとツイッターで騒がれていたが、この人たちはそれを実践していたということか。

「なにか具体的な活動とかされているんですか」

踏み込んで訊いてみた。

「活動みたいなことはしてないな。そんなことできる余裕のない人間ばっかしやさけぇ。エサバで多めに収穫があった時とかには、仲間に分けたりしてるけどな」

「エサバ？」

「レストランのゴミ袋とかコンビニのゴミ箱とかな」

ああ、餌場かと納得した。

「それとマグロからお互いを守るという意味もあったな」

「マグロ？　マグロが襲ってくるのですか」

　言ってから我ながら間の抜けた質問だと呆れた。

「ニイチャンが考えとるマグロやない。路上強盗のことや。ホムレがホムレ襲いよんねん」

「ホームレスを襲うホームレス？」

　イメージできなかった。

「ホムレかて、まったく無収入というわけやない。時々は土木の現場に入ったりして日銭を稼ぐこともあるねん」

　男が足を床に打ち付けた。カッ、カッ、カッ、カッという金属質な音がした。さっきファミリールームに近付いてきた足音だ。

「安全靴や。爪先に鉄板が入ってんねん。重たいもんが落ちてきて爪先を潰さんようにな。作業服とかは支給されるけど、これぱっかりは自前やないと土木の現場で雇ってもらえんからな」

　土木作業員として稼いでいるのは自分だけで、他の仲間たちの主な収入源は資源ゴミの日や自販機のゴミ箱から収集する空き缶拾いだと説明した。

「ほんで現金を手にして戻ったら、どうやってそれを知るんか分からへんけど、寝込みを襲って全財産をかっぱらいよる奴がいるんよ」

「はぁ、そうですか」

想像しにくいことだが頷くしかなかった。

もともとこのホムレの男は山谷《さんや》の玉姫《たまひめ》公園をネグラにしていたらしい。オリンピック招致が決まり、その公園が整備され、他にもいろいろあって、住み辛くなって浅草に移動してきたと言う。

「最初は新仲見世《しんなかみせ》商店街で雨露凌《しの》いでたんやけど、外国人観光客が増えてから、そこも住み難《にく》うなってなぁ、最近では隅田公園の草むらに段ボール敷いて寝てたんよ」

新型コロナの影響が語られない。

そのことに僕は違和感を覚えた。

僕は新型コロナの蔓延と、それに伴う自粛要請の影響を受けて職と住居を失ったのだ。この人たちにとって新型コロナなど問題外なのだろうか。

「コロナの影響は受けなかったのですか？」

思い切って訊いてみた。東京都民のほとんどが強制的に移住させられたのだから、影響をまったく受けていないということはないだろう。

「ああ、住み易《やす》くなったな」

さらりと言われた。

「コンビニとかスーパーの飯が食い放題になったからな」

やはりそうか。そういう風にしか捉えていないのだ。

コンビニにしろスーパーにしろ、今はそうかも知れないが、今後商品の補給はないのだ。現実問題として一階のコンビニに商品は残っていなかった。

「今の状況が改善されるまでには、少なくとも三年は掛かるそうです」

「三年……」

ホムレの男が絶句した。

「ええ、それも少なくとも、です」

念押しをした。

やっぱり知らなかったのだ。

情報弱者が割を食うのは、いつの時代にあっても当然のことだ。その点僕にはツイッターという最強の情報源がある。異論正論各論がない交ぜになった情報源だが、どの情報をチョイスすればいいのか、僕は永年の経験で心得ている。

どうだと言わんばかりに僕は胸を張った。

そのついでに横目で隣に座るヒカルの様子を窺った。ヒカルは背を丸めて小さくなっている。僕にはヒカルを守るという使命がある。

「三年しかないのか」

耳を疑うような言葉がホムレの男の口から漏れた。

「えっ、三年なんですよ。三年間コンビニやスーパーの在庫で食いつなげると思いますか？」

思わず抗議する口調になってしまった。

「東京都内のホームレスさんが何人いるのか知りませんが、全部の人の三年分の食糧を今の在庫だけで賄うのは不可能でしょう」

ホムレの男と善後策を協議する気になっていた僕は思わず声を荒げてしまった。

「九百人弱や」

「え、なにがです？」

「東京都の令和三年一月時点のホムレの数や。正確には八百六十二人やったはずやで。『ハロワに行け』ちゅう語呂合わせで覚えてるねん。その数は年々減少して来たから、今ではもっと少なくなっとるかも知れんけどな」

「どうしてそんなことを……」

今度は僕が絶句する番だった。

内心で相手のことを情報弱者と決めつけたことを詫びる気持ちになっていた。拙《まず》いことに、隣に座るヒカルが俯《うつむ》けていた頭を上げている。

「東京都の福祉保健局の人間に教えてもろてん。東京都からホムレを駆除することにシャカリキになっとる連中や」

「思ったより少ないんですね」

「まぁ、福祉保健局の人間が把握しとるんは路上生活者という括りでだけやからな。ワイらみたいな正真正銘のホムレだけやのうて、今の東京にはニイチャンみたいなニワカが溢れとるさけぇ、全体の人数は分からへんけど」

相手が弱気な発言をした。

「そやけど、どっちにしてもまだまだ食いもんは残っとると思うで」

自分を鼓舞《こぶ》するように言った。

「でも、ご覧になってご存じでしょうが、ここの一階にあるコンビニは根こそぎ商品が消えていますけど」

「ああ、あれな。あれには二つの理由があるねん」

「二つの理由……ですか」

思わず身を乗り出してしまった。ヒカルも学ぶ視線をホムレの男に向けている。

「ひとつはここの一階のコンビニがドアに鍵を掛けてなかったということやな。そんなコンビニやスーパーばかりやない。ガッチリ鍵を掛けとる店もぎょうさんある。そこをホムレが襲ったりはせん。基本的にワイらホムレは警察のご厄介になることを嫌うさけぇ」

ではドアさえ破れば商品が潤沢にあるコンビニやスーパーがまだまだあるということなのか。

「ただしニワカは違う。三年間放置されるという情報は、ニワカの連中も知っとるやろう。そうなると目先のことしか考えへん。実際、白昼堂々、ドアを破って略奪する奴が出とる」

ホムレの男の瞳に不安の色が浮かぶ。

「さっきここのビルの下のコンビニが根こそぎやられとる理由が二つある言うたけど、二つ目の理由がそれや。ホムレは食いもんと飲みもんにしか手を出さへん。日用品とかに手を出してコンビニを空っぽにしたんはニワカの連中やろ。なんせ浅草は、この辺りを代表するニワカの集合地域やからな」

「浅草が集合地域……どうしてそんな？」

歌舞伎町とか上野《うえの》とかなら理解もできるが浅草が選ばれたのが納得できない。

「観音《かんのん》さんや」

浅草で観音さんと言えば雷門で有名な浅草寺しかない。

「坊さんら、避難する時に、お堂の鍵を締めんかってん。ワイらみたいなホムレが助かるようにと布団とかも残して出て行かはってん。ありがたいことやで」

男が手を合わせて坊主頭を下げた。

その先、オープンスペースの窓のブラインドを引き上げれば、雷門と五重塔の先端が望める。

「なんでも浅草のホムレが言うことには御本堂の柱とか雷門、二天門、それと宝蔵門にも貼り紙がしてあったらしいねん」

その貼り紙に書かれていた内容はこんなんだったらしい。

『自分たちは否応なくこの寺を後にする。しかし仏様の御心はこの寺にお残りになる。すべての施設は開放するので、どうかお困りになった方は、仏様の慈悲のお心に縋《すが》り、きびしい時代を生き抜いて頂きたい』

そんなことが格調高く書かれてあったと言う。

「よくよく考えたら、緊急避難で持ち出せんかった本堂の仏像とかに手を出さんようにした措置かも知れへんけどな。それにしても、ワイもだいぶん前に土木の工事に入ったことがあるんやけど、浅草寺本堂の地下には地方の檀家が泊まれるように用意された大広間もあるねん。二百人か三百人か、いや他の建てもんも入れたらもっとかも知れへんが、かなりの人数が宿泊できる施設があるはずや」

「そこにニワカが……」

「せや、今では一大コロニーになっとるわ」

そやけど、と相手が言葉を続けた。

「ニイチャンは行かん方がええで」

「どうしてでしょうか？」

行く気はなかったが興味本位で訊いてみた。

「連中、とんでもない階級社会を作っとるらしいわ。上のモンの言うことは絶対らしい。ホムレの仲間の何人かもそこに行ったらしいけど、息苦しい言うて逃げ出しよった。それにな……」

言葉を切ってヒカルに視線を向けた。

「毎日が乱交パーティーらしいわ。ツレのネエチャン、色気がある方やないけど、まだ若いやないか。アイツらの仲間に入ったら、たちまち餌食にされるで。まぁ、それが好きやと言うオナゴもおらんわけではないやろうけどな」

「イヤです」

キッパリとヒカルが言い切った。キツイ視線をホムレのリーダーに向けている。

「カンニン、カンニン。そんなつもりで言うたんやないねん。どっちゃにしても連中には近付かんこっちゃ。拉致られて、引っ張り込まれるということもあるさけぇ。アイツらサカリのついたケダモンやかなら」

「ホムレの人たちはどうなんですか？　レイプとかしないんですか」

ヒカルのことを心配して問《と》い質《ただ》した。

成り行きとはいえこれから同じマンガ喫茶に寝泊まりするのだ。目と鼻の先の浅草寺がそんな状況であれば、ヒカルを残して外出することがあるかも知れないので、心配するのは当然だろう。

「ワイらのことやったら心配せんでええ」

笑顔で相手が答えた。

「永いことホムレ生活をしてたら性欲は薄れるんや。人間の三大欲求知っとるやろ」

「食欲と睡眠欲と性欲ですよね」

「せや。ワイらホムレは、そのうちの二つを充たすんに毎日が精一杯でな。知らん間に性欲が薄れてしもうたんや」

　ホムレの男が自嘲したが、その言葉をそのまま信用することはできなかった。今後、食欲と睡眠欲が充たされれば性欲が喚起されるのではないかと心配した。

　相手がコップの飲み物を飲み干した。

「ちょっと水入れてくるわ」

　席を立ち上がった相手に告げた。

「カウンターの奥に缶ビールとか缶酎ハイがありますけど」

　諂《へつら》う言葉で告げた。

「いや、ウチのチームは飲酒厳禁なんや」

　相手が事も無げに答えた。

「ホムレは身体が資本や。酒に溺れたらなんもええことない。そやからワイらのチームでは煙草も禁止しとる。それだけやないで。ニイチャンらが飲んどるそれな」

　空コップを摑んだ右手の人差し指で卓上に置かれた僕とヒカルのコップを示した。

「コーラに限らず合成甘味料の入った飲みもんも禁止や。というても、そんなん飲む経済的なゆとりがなかっただけやというのもあるけどな。基本飲んでもええんはお茶と水だけや」

「ずいぶんストイックに暮らしておられるんですね」

素直に感心した。ホームレスのくせに、と出掛かった言葉を抑えた。

「ワイらグループで動いとるからな。決まり事を作ってチームが纏《まと》まらんと、他のメンバーに負担が掛かるだけや。縛っているんやないで。それが嫌ならチームを抜けるのも勝手や。去る者は追わず来る者は拒まずがワイらの流儀や」

「他にもなにか禁止事項は？」

「いやそれくらいや。とにかく健康第一やとみんなで決めてる。身体壊したら、役所の世話にならなあかんやろ。それはワイがいちばん大切にしとる自由を奪われるちゅうことなんや。自由に生きてこその人生やないか」

ホームレスが健康第一というのもしっくりこないが、自由だというのには納得できた。

「もう少しお話をさせてもらえませんか」

紙コップに水を補給に行くホムレの男に声を掛けた。

「お願いします。リーダー」

その言葉がすんなりと僕の口から出た。

6　集団生活

僕とヒカル、そして六人のホムレの生活が始まった。

ホムレたちは夜が明けると僕とヒカルと老婆のホムレを残して五人で出掛ける。彼らの役割は物資——それは主には食糧なのだが——の調達だ。時々衣類などを持ち帰ることもあった。僕も物資調達班に志願したがリーダーに止められた。

「ワイらはニワカの後をつけるねん。アイツらが荒らした店のおこぼれをもらっとんじゃ。そんな場所に一目でニワカと分かるニイチャンが行ったら因縁つけられるやろ。ワイらはな、永いホムレ生活で、人目に障《さわ》らんような習性を身につけとんねん」

ホムレの人たちは全員が角刈りくらいの短髪だ。ボサボサ頭の人はひとりもいない。人目に障らないことと関係があるのかと気になってその理由を訊いた。

「これは福祉やねん」

「福祉？」

「炊き出しちゅう言葉くらいは知っとるよな」

「ええ、東京が遺棄されるまえ都庁前とかで盛んにやっていましたよね」

コロナ困窮者を助けるという趣旨で食べ物の配給が行われていた。僕もいよいよになればそこに並ぶつもりだったが、辛うじて一日一食——それはパンとかバナナだが——くらいは食べられる生活を維持できていたし、マンガ喫茶のフリードリンクにはコーンポタージュなどもあるのでお世話になることはなかった。

「あんなちゃんとしたもんやのうてな、ホムレが集まる公園には定期的に慈善団体や宗教団体の炊き出しがあんねん。だいたいが芋粥《いもがゆ》とかやけどな」

その炊き出し会場で無料の散髪サービスをしてくれることがあるらしい。

「ま、散髪いうてもバリカンで丸坊主にしてくれるだけやけどな。そらそやな。町中の散髪屋みたいに整髪してくれるはずがないわな。なんせぎょうさん人が並ぶさけえ、そんな手間の掛かることでけるわけないわ」

最後に散髪サービスを受けたのが東京逆ロックダウンの直前で、これでもだいぶん伸びたのだとリーダーは頭を撫でながら言った。その後はコンビニで手に入れたハサミで互いの髪を切っていたらしい。

物資調達に関わらない僕がリーダーから言い渡されたのが情報収集の仕事だった。とはいえ、僕にできるのは日がな一日主にツイッターを眺めることだけだったが、それでも外の世界の変化には気付けた。

世間の東京ゲットーに対する関心が薄れている。

東京ゲットーがトレンド入りすることもなくなった。

もはや東京は忘却の彼方に消えたということなのだろうか。

検索すればいくつかの呟きも見付かるが、そのほとんどは在りし日を懐かしむもので、東京に残されている僕らのことを心配したり、揶揄したりするものではなく、ある種の諦めを持って薄く呟かれるものがほとんどだ。

全国各地の施設に隔離された避難民の情報もほとんど入って来ない。

もちろんテレビもニュース番組を中心に観たりもしたが、そこで取り上げられるのは東京エリア以外の日常のことで、まるで東京エリアのことは忘れられているように感じた。

避難民は相当数に上るはずだが、その消息がツイッターからはほとんど知ることができない。それでもたまにではあるが情報が呟かれることもないではなかった。

避難民は上級、中級、下級に分類されたらしい。

分類の基準は納税額だとか、社会的な地位だとか、政府との関係だとか、これも色々な憶測が呟かれたが真偽のほどは定かではない。

いずれにしても上級避難民は手厚く待遇され、中級避難民はデスクワークを宛がわれるが、かなり厳しい労働環境で酷使される。これが下級ともなると、肉体労働の現場に投入され、酷使どころではない扱いを受けるらしい。

そんな内容が呟かれるのだがそれらは直ぐに削除され、呟いたアカウントも凍結されてしまう。リツイートしたアカウントも同じ扱いを受けている。

そんな状況なので正確なことを知ることはできない。

しかし東京ゲットー外の世間の関心が薄れているのと同じくらい、エリア内に暮らす避難忌避者も外の出来事に関心を持たなくなっているように思えた。

時々忌避者の呟きを目にすることもあったが、そのほとんどはニワカなのだろう。外の世界で暮らす身内や友達を偲《しの》ぶ呟きをしたり、東京ゲットーでの生活を謳歌する呟きがあったりしたが、そのほとんどはアカウントそのものが即座に凍結され消えてしまう。

政権批判をする呟きも見られなくなった。僕が以前からフォローしていた批判的なアカウントは例外なく凍結された。かなりしっかり管理、というか監視されているようだ。

その現象はテレビでも顕著だった。

バラエティー番組に登場するコメンテーターは政権寄りのことしか喋らず、むしろそういう人しかテレビに出られないのだろうが、お笑い芸人を主流とする芸能人が幅を利かせるようになっていた。もともとそれほどテレビが好きな方ではなかったが、お笑い番組も、うんざりするようなイジメ番組みたいなものばかりになった。

リーダーは調達から帰っても僕に報告を求めたりはしない。リーダーから言われていることは、大きく世相が変化したら教えてくれということだったが、それはおそらく、東京ゲットーが解放されたらというくらいの大きなことだろうと僕は解釈していた。

ヒカルとホムレの老婆は洗濯と掃除を担当した。物資調達班が外に出ている間、二人はシャワールームで他のホムレらの衣服を足踏み洗いする。もちろん彼らの衣類の数は限られており、それほど時間の掛かる仕事でもないので直ぐに終ってしまう。終った後はフリースペースで水を飲みながら話をしたりして寛《くつろ》いでいる。

ヒカルと仕事をするホムレの老婆の見た目は還暦過ぎか。ただでさえ女性の年齢は分かりにくい僕だが、ホムレの老婆は薄くなった頭髪が真っ白で、顔の皺《しわ》も深く、猫背で、肥満というのではないが、お腹周りの肉というか脂肪は豊かで、でも動きはシャキシャキしているので、それらを足し引きして、僕は還暦過ぎくらいかなと考えたのだ。

ヒカルの生来の性格もあってのことだろうが、仕事仲間の老婆を通じ、ヒカルはホムレのグループと日に日に仲良くなっていった。全員の名前というか愛称を覚えてしまったようだ。逆にヒカルは皆から「ヒーちゃん」という愛称で呼ばれ笑顔でそれに応えている。

「僕、部屋を移ろうか？」

そんな提案をヒカルにしてみた。

「え、どうしてですか？」

ヒカルが不思議そうに首を傾げた。

「そもそもこのファミリールームで一緒に寝起きしようと決めたのは、なんか東京に僕たちしかいないような疎外感があったからだし」

疎外感というより、あの時点の僕には根拠のない全能感みたいなものまであった。東京に残っている数少ない人類だという全能感だ。

それに加えて勝手な使命感まで芽生えていた。

芸人を目指し亀戸に住んでいたという恋人が意図してそうしたことではないだろうが、結果として、東京に取り残されてしまったヒカルを自分が守らなければいけないという、ある一面では心を躍らせる使命感があったのだ。

しかし今は違う。

東京ゲットーにあって、僕の唯一のキャリアともいえるファミレスのキッチンクルーの経験を活かし、ヒカルが喜ぶ料理を作ることもできない。食糧はホムレの仲間たちが――僕にはまだ仲間という意識は薄いが――調達してきてくれる。

唯一の情報源だったツイッターも、規制だか監視だか分からないが、情報が殆《ほとん》ど制限されていて、その部分でも僕は無駄飯食いになっている。

「どうせなら、いつも一緒に洗濯とか掃除とかしているオバサンと一緒に寝起きしてもいいんじゃない。愉《たの》しそうに話をしているみたいだから」

話をしながら自己嫌悪感が込み上げてきた。自分が僻《ひが》み根性丸出しにしているように感じられた。それでも僕は言葉を続けた。

「ヒカルには大切な彼氏さんがいるんでしょ。いつか彼氏さんと再会できる日が来たら、それまで他の男と暮らしていたなんて知れたらフラれちゃうぞ」

冗談交じりに言ったつもりだったがダメだった。ダメダメだ。自分ひとりがヒカルを守る存在でなくなったことに、僕は完全に拗《す》ねている。

「彼のことを考えないではないですけど……」

ヒカルが口籠った。

「心配はしていますけど……」

煮え切らない。

なんだかそれを話題にした僕が悪者にされているように感じた。

「彼がどこでどうしているのか、考えない日はありませんけど……」

ヒカルの言葉に悲愴感が滲み始めた。

もういいんだ。恋人のことを思い出させた僕が悪かった。

その一言が言えずに僕はヒカルの言葉の先を待つだけだ。

「イサムさんがその方がいいと言うんでしたら……」

(いや良くない。良くないけど……)

僕は素直になれない自分を呪った。このままファミリールームでヒカルと一緒に寝起きしたい。その言葉がどうしても言えない。

下心など微塵もない。ヒカルとエッチしたいなど夢にも思ったことはない。

「イサムさんがその方がいいと言うんでしたら」

そう言ったヒカルの言葉には続きがあった。

「私はそうしなくてはいけないのかも知れませんが、私の希望を言わせて頂けるなら私はこのままの方がいいです」

耳を疑う言葉が返ってきた。

「ほんとうにいいの？　だってヒカル、ずいぶんあの人たちに馴染んでいるじゃない」

自分の頭をぶっ飛ばしたくなるような言葉を返してしまった。

「ええ、そうですね。私も以前、ホームレスみたいな暮らしをしていたことがありましたから、不思議と皆さんとの交流には抵抗がないんですね」

はにかんだ笑顔でヒカルが言う。

「いや、ヒカルの場合は違うだろう。軽自動車で寝泊まりしながらでも、会社勤めを続けていたんだろう？」

「自由です」

「ん？　自由」

「そうです。私は自分が軽自動車で寝泊まりしていたことを、住環境のせいにしていましたけど、あの人たちと接してみて分かりました。私が望んだものは、快適な住環境ではなく、自分を解放できる自由だったんです」

耳を傾けるしかなかった。

「でもさすがに軽自動車での暮らしはきつかったです。だから私はデリヘルで働くようになりました。その善悪とか、それは私の判断だけでなく、行政の問題とか、いろいろ世間では論評したがる人たちもいるでしょうけど、風俗勤めする女性の背景は千差万別です。私のことを含め、それを他人にとやかく言われる必要はありません」

ヒカルの話が熱を帯びるが、僕にとっていちばん大切なこと、ヒカルがどうして僕と同じ部屋で寝泊まりしたいのかという理由には触れられていない。

僕は結論を急がなかった。

ここはヒカルの話に素直に耳を傾ける場面だと感じた。

けっして長い期間とはいえないけど、一緒に暮らしてきて、明かされなかったヒカルの気持ちの深い部分を僕は聞かされているのだ。

「だから私はこのままの方がいいんです」

えッ、いきなり結論？

(話が繋がっていないように思えるんだけど)

「そう、だったらヒカルの自由にすればいい」

なにも納得できていないのに納得顔で僕は頷いた。

7　感染予防

僕は仕事の方針を大きく変えた。

その切っ掛けとなったのが、ある出来事だった。

いつものように物資調達から戻ったリーダーたちの様子がおかしかった。醸《かも》し出す暗さが尋常ではなかった。

ヒカルもそれに気付いたのだろう。

「みなさんどうかされたんですか？」

リーダーらの背後から遠慮がちに尋ねた。

「ひとり死んだんや」

背を向けたままリーダーが搾り出すような声で返答した。

「そう言えば……、ヒデさんがいない。ヒデさんが死んだんですか？」

問いただすヒカルにリーダーが訥々と説明した。

物資調達を終えて帰る途中でヒデさんという（僕はヒカルのようにホムレたちの名前までは知らない）男が路上に倒れたらしい。ヒデさんはそのまま息を引き取ったと言う。

「心配せんでええ。たいして苦しまんとアイツは死によったわ」

今にも泣き出さんばかりのヒカルをリーダーが慰めた。

「東京株に感染していたんですね。新型コロナウイルスに感染すると、血液の酸素飽和濃度が低下して死亡に至るんです。酸素が脳に供給されないので、感染者は気を失いボンヤリしたまま――」

「黙っとれッ。能書き垂れるなや」

リーダーが、やはり背を向けたまま、キビシイ怒りの声を飛ばした。

確かに能書きだ。

僕はツイッターで得た知識の片鱗《へんりん》を口にしただけだ。

（それにしても……）

リーダーの剝き出しの怒りに触れて固まってしまった僕だが、脳内にグルグル巡る想いがあった。

新型コロナの死因が血中の酸素飽和濃度の低下だというのは間違いないが、突然死という事例はあっただろうか？　あったような気もするし、なかったような気もする。そもそも僕は、そんなことにはたいして興味を持っていなかった。

いや、正確に言えば、僕はコロナ関連死の情報を見ないようにしていた。感染したとしても、治療を受けられない身なのだ。そんな僕が関連死の情報を集めたところで無駄ではないか。

しかしそれにしても、だ。

(急すぎないか?)

団体行動をしていた一員が突然倒れてそのまま死んでしまうなんて。

(これが東京株の凶悪さなのか)

僕は嘆息するしかなかった。

その日はそれ以上リーダーたちと言葉を交わさず、僕は自室へと引き籠った。僕を除く全員は濃厚接触者なのだ。自身を隔離する事を僕は選んだ。そしてヒカルが食糧を届けてくれると「調べ物があるから」とレジ袋にまとめられた食べ物だけを持って、リクライニングシートのブースに移った。

リーダーたちは物資調達から戻ると、手指をアルコール消毒している。無言で作業しているので飛沫もそれほど飛んではいないだろう。

完全とは言えないかも知れないが、しないよりした方がマシだと考え、その日から僕は自身をヒカルからも隔離した。

それまでの僕の仕事は政府関係の情報収集だった。政府の動向ばかりを探っていたが、それは止めた。どうせ政治関連の呟きは、どこかの誰かに監視されているのだ。目新しい情報が得られるとは思えなかった。

リーダーが懸念している東京ゲットーに関する政府の方針に大きな変化があるとは思えない。なにしろ政府は淡路島に移転して、東京ゲットーの棄民の救助を早くとも三年後と決めているのだ。

政府広報をチェックするのと同時に、淡路島に本社を置くP社の動向もチェックしていた。どうやら日本経済の先行きを決めているのがP社らしいと感じたからだ。

東京株の蔓延により日本経済は致命的なダメージを受けていた。

それはそうだろう。経済に限らず、すべての機能の中心であった東京都が放棄されたのだ。経済が落ち込むのも当然だ。それに加え、多くの国と地域が日本からの渡航を禁止し、日本の工業製品もボイコットに遭っていた。

東京株だけがボイコットの理由ではない。

いやボイコットという言葉さえ疑わしい。

それまでの主な日本の貿易相手国は中国とアメリカだったが、貿易の主力のひとつを占めた自動車とその関連製品が売れなくなっていた。その理由はマイクロチップにあるらしいのだが、ナノミリ単位でプログラムを制御するマイクロチップの開発において、日本は、中国、韓国、台湾などに大きく後れをとったらしい。

詳しいことは分からない。

大学でろくに勉強もせず、社会人経験といえば、浅草の合羽橋に本店を置く飲食店に調理用具を供給する卸問屋、そしてファミレスのキッチンでアルバイトしただけの僕に、詳しいことが分かるはずがない。ナノミリというのがどれほど小さい単位なのか、それさえも僕には実感できない。

しかし気になる世界情勢がまったくなかったわけではない。どうやら日本を除く世界各国で新型コロナは終息を迎えつつあるようなのだ。

スペイン風邪と同じだ。

新型コロナと同等の猛威を振るったスペイン風邪も、ある時を境にふっつりと終息してしまった。それと同じことが世界各国で起こっているらしいのだ。

でも日本では――

このことに関しても僕の関心を引く呟きがあった。

スペイン風邪が世界的に蔓延し、それが終息した時代にあって、日本だけは終息が一年遅れたらしい。それについてもいろんな意見が呟かれていた。日本人の遺伝子とか、生活習慣とか、米食を主食とする食事習慣とか。

どの説にも異論を唱えるレスがあった。それがツイッターらしいといえばツイッターらしいのだが、単純にその説の穴を指摘するだけで、代わりになる説は呟かれない。

反論のための反論を呟く。それこそツイッター民の特性なのだ。良し悪しは別にし、その説をいったん受け入れ、さらに発展させようという姿勢はない。その場限りの言説しか呟かれない。

世界情勢は置いておくとして、経済の縮小により日本は緊縮財政政策に転換した。企業も同じく財務を緊縮した。

売り上げが伸びないのであれば、経費を削減するしかない。もっとも削減しやすい経費が人件費だ。で、人材派遣を生業とするP社が日本経済を司る存在として浮上したのだ。

P社の影響力は人材派遣の分野だけではない。情報管理の面でも重要な役割を担っているようだ。

(無理もないか)

僕ごときに詳細までは分からないが、淡路島に避難した日本政府が使っているのはまんまP社のシステムなのだ。おそらく官僚なんかより優秀なエンジニアもP社は抱えているに違いない。

さらに突き詰めてP社が発信している情報を読み込むと、どうやらP社は国の財政にも深く関与しているらしい。ここまで来ると「らしい」としか言い様がないのだが、海外の――その中核はアメリカの――金融関係の企業と日本政府の橋渡しをしているのがP社らしいのだ。自我自賛するわけではなく、P社は暗にそれを匂わせている。

シンドイ……

これだけを理解するのにどれほどネットの海をサーフィンしたか。ツイッターだけでなく、個人のブログや検索機能、翻訳機能などを駆使し、僕はようやくここまでたどり着けたのだ。とにかく現在の日本経済の主導権を握っているのが、人材派遣を生業とするP社だというのは理解できた。だから政府広報と合わせてP社をチェックするようになったのだ。

もうひとつある。

東京ゲットーに棄民され、そちらばかりに注意がいって忘れていたが、僕たちの当面の目標は東京株とどう闘うかということだ。

闘うといっても、それは防戦一方の闘いになるのだが、医療機関も機能していない東京ゲットーで感染するということは、そのまま死を意味する。

僕は過去のツイッターを遡り、東京株に関する情報を漁《あさ》った。東京株の特徴はこんなふうだった。
・感染から発病に至る期間が短い。
・発病から死に至る時間も短い。
・感染者は必ず高熱を発する。
東京株に関する情報の要点をまとめるとそういうことだ。

少し調べて安心する情報もあった。

それを安心と表現していいのかどうか、やや疑問の残るところではあるが、従来のワクチンは東京株には効かないらしい。住所を無くしたためにワクチン接種が受けられなかった僕には朗報だった。

これはツイッターだけでなく、ニュースでも大々的に報じられた。三密の回避とか、うがい手洗いマスク着用の徹底とか、またぞろテレビでも呼び掛けていた。

とにかく朗報だと僕には思えた。

どうしてそれが朗報かというと、ワクチン頼み一辺倒だった政府が方向転換し、感染予防策を積極的に配信し始めたのだ。

「調べたことでお伝えしたいことがあります」

ヒデさんが他界した数日後、物資調達から帰ったリーダーに声を掛けた。

それまでの期間、僕は遠巻きにマンガ喫茶の他の住人の様子を観察してきた。大丈夫そうだったし、急ぐ案件なので自らの隔離を解いたのだ。

「どないしたんや。政府が東京解放を決めたんか」

それがリーダーの関心事なのだろう、真っ先に訊かれた。あれ以来、会話を交わしていなかったからかも知れないが、棘《とげ》を含んだ声に聞こえた。

「いえ、違います。新型コロナウイルス東京株についての情報です」

「それがワイらに関係のあることなんか？」

「大ありです。病院も閉鎖され、医師もいない、医療器具もない東京ゲットーで感染すれば、それはそのまま死を意味します」

僕の言葉にリーダーが腕組みをして眉間に皺を寄せた。

「東京株にはワクチンも効かないのです」

「ワイらワクチン打ってへんけどな」

フンと鼻を鳴らした。

「個人が獲得している自然免疫でも対抗できないという報告もあります」

その言葉にリーダーの顔色が変わった。

どうやらリーダーは、自分たちが自然免疫を獲得していると勝手に考えていたようだ。物資調達に出掛ける時はいつもノーマスクだった。

「たぶんワイらいっぺんは感染してると思うで」

以前リーダーがそんなことを言ったことがある。

例えば麻疹《はしか》のように一度感染すれば二度とは感染しない。そんな風にリーダーは考えているのではないだろうか。

「リーダーや皆さんは新型コロナに免疫ができているとお考えかも知れませんが、コロナウイルスは変異するんです。一度罹ったからといって二度と感染しないというものではないんです」

「それホンマなんか」

リーダーが疑わしそうな目を僕に向ける。

「たとえばインフルエンザを考えてみて下さい。毎年蔓延していますよね。あれも、新型コロナと同じタイプのウイルスです。変異するんです。だから毎年蔓延するんです。一度罹ったからといって油断はできません。実際に新型コロナに複数回罹患した人の報告もあります」

リーダーは顔を顰めただけで反論しようとはしない。

「政府が発表している感染予防対策をプリントアウトしておきました。人数分あります。これをみなさんに配って下さい」

プリントアウトし、マンガ喫茶のフロントでホチキス留めした紙束を差し出した。

「ちょと待てや」

リーダーが受け取りを拒んだ。

「どうしてなんですか。これはみなさんの健康に関わる重要情報なんですよ」

「分かっとる。そやけどワイらの仲間には字が読めへん奴もいよる。読めてもその内容が理解できん奴もおるやろう。資料を配っても無駄になるだけや」

調達した物資の片付け整理ができるまで待てとリーダーが言う。

「それが終ったら全員を広間に集めるさけぇ、ニイチャンの口から説明したってくれや」

広間とはオープンスペースのことだ。

マンガ喫茶の壁に掛けられた時計にリーダーが目をやった。午後五時十分前を示している。

「五時半や。五時半から勉強会始めるさけぇ」

それだけ言って、フロント前で物資の片付け整理をする集団に戻った。

指示された五時半にみんながオープンスペースに集合した。

リーダーから簡単な挨拶があって僕はみんなの前に立った。

資料はヒカルが配付してくれた。

「大事なことなのでよく聞いて下さい。質問は後で受け付けます」

断って説明を始めた。

「最初にお伝えしたいことは、東京株を始めとする新型コロナウイルスが空気感染するということです」

思ったほどの反応は得られなかった。

そうなんだぁ、くらいの寛いだ感じでみんな聞いている。

実は東京逆ロックダウン前も、コロナウイルスが空気感染するという呟きはツイッターの至るところに見られた。それをなかなか政府は認めず、しまいには、エアロゾル感染とかいう言葉で曖昧《あいまい》にしてきた。その政府が正式見解で『空気感染』という言葉を使ったのだ。それだけでも事の重大さが知れようというものだ。

「具体的に説明しますと、東京逆ロックダウン後、東京株の感染が明らかになった人が隔離されました。その隔離施設と同じ施設に、感染検査で陰性だった人も同じバスに乗っていたということで隔離されたのです。この二人の間に直接的な接触はありませんでした」

説明が浸透するよう少し間を空けた。

「しかしです」

強調した。僕の声にホムレの人たちが顔を上げた。

「別々の部屋に隔離されていたのに、その翌日、陰性だった人からも陽性反応が出たのです」

また時間を空けた。

「これが空気感染の怖さです。みなさんは、物資調達から戻られるとアルコール消毒をされています。これは悪いことではありません」

その消毒キットも物資調達班が持ち帰ったものだ。どこぞの商店とかレストランに備え付けられていた物なのだろう。スタンドの下部の足踏みで、上部のノズルから消毒液が噴霧される仕組みになっている。予備の消毒液も調達班が持って帰っている。

「アルコール消毒は接触感染には有効です。ですから悪いことではない。これからも続けて頂きたいと思います」

大きく息を吸い込んだ。

「しかし空気感染を防げる手立てではありません。空気感染には無力なのです」

徐々にホムレらが真剣になるのが雰囲気で分かる。

「みなさんは物資調達に出られる際にマスクをしておられない。みなさんに先んじて、店内を荒らすニワカはどうでしょう」

「しているな」

年長のホムレが呟くように言った。

僕はその声に微かな不安を覚えた。ニワカの連中がマスクをしているのであれば、市中のマスクは回収されつくしているのかも知れない。

「そうですよね」

言葉を発した年長のホムレに微笑み掛けた。

「今までみなさんはあまり人と交わらない生活をしてこられたのかも知れません。ですが今は違います。ニワカが荒らした店内で物資を調達しておられる。みなさんが踏み込んだ店内には、ニワカが撒き散らしたウイルスが飛び交っているかも知れないのです」

傍らに置いたゴミ袋を手にした。

そのゴミ袋の中には最初に階下のコンビニが収奪にあった時に、コンビニの商品棚から手当たり次第に回収して来たマスクが収められている。その中からウレタンマスクを選び取った。高く差し上げて言った。

「これはウレタンマスクと呼ばれるマスクです。でも、このマスクには感染を防止する力がほとんどありません」

前列に座ったホムレにウレタンマスクを渡しながら言った。

「どうぞ全員で材質を確認して下さい」

ウレタンマスクがホムレの手から手へとリレーされる。

「これ、アイツらがしていたマスクと同じだ」

二列目に座ったホムレから声が上がった。

「アイツらとは？」

「ニワカの奴らじゃ」

「彼ら全員が、ですか」

「ああ、全員が同じようなマスクを着けてた。もっと色が派手だったり模様が入っていたりするけどな」

なるほど、ニワカの連中は見た目が良く、しかも息苦しさを覚えないウレタンマスクを利用しているのか。言われて思い出したが、コロナの第六波のオミクロン株のときでさえ、若い連中を中心にウレタンマスクをしていた奴らがいた。

あれは令和四年の新年だった。

毎年のことだが、浅草寺の新年は初もうで客で賑わう。新型コロナの蔓延が始まって以来、その賑わいも幾分かは収まっていたが、その年の新年は、前年の十二月に第五波の収束が見えたということもあったからだろうか、オミクロン株の蔓延が始まっているにもかかわらず、普段通りの賑わいに戻っていた。

入口は雷門だけとなり、参道である仲見世通りは一方通行になり、その両側の側道が参拝を終えた客の通路になる。

それでも押し寄せる人波は捌《さば》けないので、雷門通りは交通規制され、封鎖された二車線に通勤電車の混雑を思わせるほどの行列が百メートル近くできていた。その行列を遠目で見ながら、ウレタンマスクをしている連中を僕は目にした。ざっと見で二十人にひとりはウレタンマスクだったように記憶している。新型コロナ蔓延から二年が経過してその有様だったのだ。若い人間に限っていえば、十人にひとりはウレタンマスクだったように思い出す。

その時の光景を頭に浮かべた僕の胸に希望の灯が点った。浅草寺のニワカ連中は若い。少なくともリーダー的存在である警備隊の人間は若者揃いだ。もし彼らがウレタンマスクを選んでいるのであれば、不織布マスクは残されている可能性がある。

「今度はこちらのマスクを確認して下さい」

不織布マスクを掲げた。

「これは不織布マスクといって、予防効果の高いマスクです」

同じように前列のホムレに手渡しそれがリレーされる。

「必要なのはそのマスクです。食糧調達よりも優先します。明日の物資調達業務では、なによりも不織布マスクの確保を優先して下さい」

「どれくらい集めればいいんだ」

ホムレのひとりから質問があった。

荒っぽい言葉遣いに僕は相手の本気を感じて答えた。

「ありったけです。この生活がいつまで続くか分かりませんが、外部から東京ゲットーに補給されることはないでしょう。ですからありったけ、徹底的に集めて下さい」

「それでええな」

後方からリーダーが声を掛けた。

オープンスペースの椅子には限りがあるので、リーダーは腕組みをし集団の背後に仁王立ちしている。

「明日の朝からはマスク集めや。食いもんはええ。とにかくありったけのマスクを集めるんや。明日だけやない。明後日もその次の日も、マスク集めするで。食糧はチビチビ食べたら何日間か持つやろう。そもそも毎日食べるやなんて、昔の生活では考えられへんことやった。空き缶拾いを思い出せ。何百円、何千円かを稼ぐために、夜明け前から日暮れまで、長い道のりを空き缶集めて歩き回ったやないか」

全員が上半身を捻《ひね》りリーダーに目を向けている。僕からは背中しか見えないが、その背中からもホムレたちの闘志が伝わってくる。

(この人たち真面目なんだなぁ)

別に今まで特別に不真面目だと思っていたわけではないが、改めてそんな感慨が僕の胸に湧き起こった。

(どんな人生を歩んだ結果この境遇に陥ったのだろう)

そんな失礼なことまで考えてしまった。

陥ったという考え方そのものが、彼らを見下しているのだと反省した。

「ええなみんな、明日からマスクやで」

「ハイッ」

気持ちいいほど揃った声がオープンスペースに轟《とどろ》いた。

窓際に立ったヒカルがニコニコと顔を綻《ほころ》ばせている。

「もうひとついいですか」

僕が提案すると全員が振り返る。

説明会を始めた時とぜんぜん違う顔が僕に向けられる。

「念のために確認しておくと、アルコール消毒は続けるとしても、それは手洗いだけで十分代用できます。ですから明日以降、アルコールの補充液は不要です」

それも政府広報で知りツイッターで確認したことだ。いくつかのアカウントを確認し、その中で三人、この人は信頼できると感じたアカウントを僕はフォローした。

三人のうちの二人はお医者さんだったが、ひとりは違った。

その人はイギリス在住の日本人女性で、かつては翻訳のお仕事をされていたらしい。アカウント名は『ユミ』だ。アメリカで結婚し、現在はイギリスの片田舎に住む身だが、翻訳家としての能力を活かし、海外ニュースや英字論文を和訳し、長いスレッドでその内容を紹介して下さっていた。

「マスクと手洗い、そしてもうひとつ大切なことがあります」

みんなの目が真剣になる。

「コロナウイルスを吸い込んだからといって、直ぐに感染するわけではありません。最初は鼻の粘膜に付着し、そこで増殖したものが肺に入って感染するのです」

始める前、この説明は長くなるので省略しようと思っていた説明だった。でも考えが変わった。みんなの真剣な眼差しを見て、説明してもいい、いや説明すべきだと僕は思った。

「東京株も空気感染だとすると、鼻からの感染以外には考えられません。それとは別に接触感染という感染経路も考えられますが、それはウイルスが付着した手で口の周りを拭ったり、目を擦《こす》ったり、粘膜に触れることで起こる感染です。手洗いを徹底すれば、接触感染は完全に防げます」

完全といっていいのかどうかは不明だが、徹底させるためには、それくらい強い言葉で言った方がいいだろう。

「マスクをしていて口を塞いでいたとすれば、考えられる感染経路はひとつだけになります」

言って自分の鼻を指さした。

「呼吸をする鼻です」

全員の反応を確認した。かなり動揺している。

「先ほどの説明を思い出して下さい。鼻の粘膜に付着したウイルスはそこで増殖し、やがては肺に侵入して感染に至ります。付着から感染までタイムラグ、すなわち時間差があるのです」

椅子に裏返しにしていたプリントアウトを取り出した。それは『ユミ』がツイッターにアップして下さっていたイラストだ。それをみんなに示しながら説明した。

「すなわち鼻の粘膜に付着したウイルスが増殖する前に退治すればいいのです。それにより感染は防げます」

プリントを一枚捲《めく》った。それも同じくアップされていた写真をプリントアウトしたものだ。点鼻薬の写真だ。

「内容成分は問いません」

ほんとうはそれも詳しく記されていたのだが、そこまで厳密さを求めるのは難しいだろう。点鼻薬でなくとも生理食塩水による鼻うがいでも効果はあるのだ。

「これと同じようなものを探して下さい。薬局であれば、鼻の洗浄液というかたちで売られていると思います。花粉症などの人が使うものです」

そのプリントも回覧した。

「こちらも今ある在庫が最後だと考えられます。ですから躊躇せず、あるものはすべて持って帰って下さい」

僕の言葉に全員が深々と頷いてくれた。ヒカルは手の先だけで小さく拍手してくれた。

翌日、物資調達班の帰りは遅かった。午後七時を回っても誰も帰って来なかった。不織布マスクと点鼻薬の回収に頑張っているのだろうと考えたが、午後九時近くになるとニワカ連中となんらかのトラブルでもあったのではないかと僕は不安になった。

リーダーを先頭にようやく帰って来た調達班は、各自がサンタクロースを思わせるような白くて大きなゴミ袋を担いでいた。

帰って来たのはリーダーを含め二人で、他の二人は別の場所に行ったとリーダーが言った。

その二人も一時間ほど遅れて戻って来た。リーダーが率いる班は浅草だけでなく浅草橋から上野方面、別の二人の班は吾妻橋《あづまばし》を渡り、墨田区、江東区まで足を延ばし、特に錦糸町では大きな収穫を得たらしい。

フロント前に積み上げられた不織布マスクの山と、幾つもの点鼻薬を目にし、僕は目頭が熱くなった。この寒空をどれだけの距離歩いたのか、それを想像しただけで彼らの真摯《しんし》さに涙が零れそうだった。

「これで大丈夫やろ」

微笑み掛けるリーダーに僕は釘を刺した。

「短くとも三年間は現状のままだというのを忘れないで下さい」

「ニイチャン、厳しいな。そやけどニイチャンの言うとおりや。ここで油断したらアカンわな」

「この先は少々手荒いことにも手を染める必要があるかも知れません」

その日、考えていたことを口にした。

「コンビニ、スーパー、ファミレス、レストラン、デパ地下。それらのすべての食糧在庫がなくなった後のことも考える必要があるでしょう」

「他にどこか食糧調達でける施設はあるんか」

「個人宅の冷凍庫なども考えるべきではないでしょうか」

二人の会話にひとりのホムレが割り込んだ。かなり高齢のホムレだった。彼は吾妻橋を渡った班に属していた。

「墨田区とか江東区には手付かずの物件がたくさん残っていたよ」

彼の話によるとニワカの姿もほとんど見掛けなかったらしい。

「上野方面はどうだったんですか？」

リーダーに質問した。

「台東区役所に何人か棲《す》み付いているようやったな。それとネットカフェにも棲み付いている気配があったわ。そやけどやることが荒いわ。アメ横商店街も荒らされとったけど、ワイらの目から見たら、まだまだ漁れるもんもぎょうさん残ってた」

浅草ほど根こそぎという状態ではなかったようだ。

浅草寺のニワカ集団はそれなりの規模があり、しかもある程度の統率が取れているということになるのだろう。

「僕が心配しているのはインフラが途絶する可能性があるということです」

「もうちっと簡単に言うてくれへんか」

「つまり電気ガス水道のライフラインが切れてしまう可能性があるということです」

日本はエネルギーの大半を海外からの輸入に依存している。しかし現在はその供給が激減しているとテレビのニュースやツイッターが伝えていた。

東京ゲットーに対するライフラインの断絶は、国民の反感を買う可能性があり躊躇しているのだろうが、外の世界では電力の供給制限も行われ始めている。それを受けてツイッターでは、東京ゲットーに対する供給こそ遮断すべきではないかという呟きが賛同を集めるようになってきている。

東京ゲットーで消費される電気ガス水道は微量だ。それだけ人口が激減しているのだから当然だろう。しかしそれさえ無駄だと呟く自称「問題意識の高い」ツイッター民がいるのだ。そして不自由な生活のうっぷん晴らしとばかりにそれに賛同する人間が現れ始めている。

「ガスはともかくとして、電気と水道断たれるのは厄介やな」

リーダーが呻《うめ》くように言ったが、どこか切実さを感じさせない言葉だった。それはそうか。この人たちはライフラインの恩恵をほとんど受けることなく暮らしてきたのだ。

「中でも水道を断たれるのは深刻じゃないですか」

幾らライフラインとは無縁に過ごしてきたからといっても、水道の恩恵は受けてきたはずだ。じっさい僕は会社勤めをしていたころ、早朝の浅草寺の水飲み場で、使い古したペットボトルに水を溜めているホームレスを何人か目にしたことがある。

「確かにな」

ボソリとリーダーが同意してくれた。

「そこでみなさんに提案があります」

僕は声を張り上げた。

「これからYouTubeの動画を観て頂きたいのです」

「なんの動画やねん」

「自作できる簡易浄水器の動画です。いくつか観て頂き、そのどれがいいか、あるいはどれなら僕らで作れそうか、それをみなさんに判断して頂きたいのです。浄水器を作るためには、砂とか小石とか綿とか炭とか、そんな物が必要になります。それがどこに行けば手に入るのかも、みなさんで考えてみて下さい」

「今夜はみんなヘトヘトなんや。明日にせんか」

「ダメです。さっき言ったライフラインだけではないんです。ネット環境にしても、いつ切断されるか分かりません。もしかしたらそれは今夜かも知れない。そうなってからでは遅いんです。生き残るためにするべきことをしましょう」

「私もそう思います」

声を上げたのはヒカルだった。こんな場所で声を上げるなど想像できないことだが、ヒカルなりに勇気を振り絞ったことなのだろう。

「みんなの食べるものは用意してあるよ」

ヒカルとペアを組むホムレの老婆が全員に語り掛けた。

「観ながら食べればいいじゃん。みんな腹が減っているんだろ。みんなの帰りを待っている間にすぐ食べられるよう、わたしとヒーちゃんで小分けしておいたからさぁ」

「仕方ないな」

苦笑交じりにリーダーが言った。

「だったら晩飯にしながら、その動画とやらを観ることにするか」

全員が同意して僕らは動画を観ることになった。

動画の視聴も感染予防の説明会を行ったオープンスペースで行うことにした。オープンスペースは身分を証明するものがなくても利用できる。その代わりインターネットに接続することはできない。事前知識があった僕は、リクライニングシートのブースのデスクトップパソコンで視聴できる動画をＤＶＤに焼いていた。フロント横の陳列棚で売られていたＤＶＤだ。それをオープンスペースのデスクトップパソコンに差し込んで動画の視聴会が始まった。

時間にして四十分程度、動画を視聴したホムレが意見交換をし始めた。

「砂と小石は放り出された工事現場で調達できるな」

「言問橋《ことといばし》のところに建設中のまま放り出されたホテルがあるよな」

「綿は蒲団を破けば取り放題だ」

「炭は国際通りの裏の炉端焼き屋の店先の簡易倉庫にあるべ」

次々と意見が出され、翌日は簡易浄水器の材料集めの日となった。簡易浄水器さえあれば飲料水の確保には困らない。なにしろ歩いて二分の距離に隅田川が流れているのだ。

「さっきはありがとう」

ブースに戻ってヒカルに礼を言った。

「あのタイミングで賛成してくれて助かったよ」

「生きるのに精いっぱいなのが好きです」

ちょっと会話が嚙《か》み合っていないな。

そんな風に思わされるのは初めてではない。むしろ度々ある。

頭の中で言葉を消化し、それは相手の言葉と自分がこれから言う両方だろうが、それを咀嚼《そしやく》しているうちに、ややズレを感じる言葉が発せられるのだろうが、それはそれでヒカルの素直さに由来するものだと思え、そんな風に交わす会話も僕にはとても気持ちいい。

「明日から僕も調達班に加わるかな」

考えていたことを口にしてみた。

「え、いいんですか。イサムさんになにかあったら……」

「ホムレさんたちもだいぶん髪の毛が伸びてきたし、シャワーも浴びているし、物資調達で得たダウンジャケットも新しいし、身なりもサッパリしているじゃない。もう僕がニワカだとバレることはないと思うけどな」

「それでも……」

「大丈夫。心配しなくていいよ」

ヒカルの頭を撫でてやった。

（もうこれが最後かも知れない）

僕の頭に想いが過る。

さっきリーダーにネット環境が切れる懸念を伝えたが、僕は本気でそのことを懸念していた。もしネットが使えなくなれば、経験値も低く、特段の能力もない僕がチームの役に立てるのは、これが最後になるかも知れないのだ。

しかし僕の願いはリーダーに聞き入れられなかった。理由が前とは違った。女性二人を残してマンガ喫茶を後にすることをリーダーは懸念したのだ。

季節が巡った。

物資調達班のホムレ連中の口から桜が満開になったことを知り、それが葉桜になり、やがて梅雨入りし、夏が来て、秋になり、木枯らしの吹く季節になった。僕が懸念した電気の断絶もなく、ネットも支障なく使えていた。リーダーたち物資調達班は必要な食糧を持ち帰ってくれる。

なんとなくだが、このまま暮らしていけるのかなと思い始めていた。

令和六年を迎えた。東京が逆ロックダウンされてから一年の月日が経過している。あと一ヵ月もすれば僕は四十八歳になる。

8　闖入者《ちんにゅうしゃ》と脱落者

その日も僕はリクライニングシートでネットを閲覧していた。目新しい情報はないが、だからといって寒空の下、物資調達に出ているリーダーたちのことを思えば、ファミリールームで寝転がってもいられない。

突然——

「キャアアァ」

悲鳴がマンガ喫茶の店内に響いた。

ヒカルの悲鳴だ。

転がるようにリクライニングシートを立った僕はブースを飛び出して悲鳴が聞こえ

た方、マンガ喫茶の入口へと駆けた。

(リーダーから言われていたじゃないか)

思い出した。

情報収集にも成果を出せない僕が物資調達班に志願した際にリーダーは女性二人だけを残して出るのは不用心だと僕を残したのだ。

いよいよその出番が来たというわけだ。

マンガ喫茶のロビーには硬直したように立ち竦むヒカルの姿があった。そしてその正面に、ぼさぼさの髪の毛を肩より下に垂らした年齢不詳の男が、ヒカルと同じように立ち竦んでいた。

男は病的なほどやせ細っている。

(こいつなら僕でもなんとかなるな)

そう思わせるほどガリガリというかヒョロヒョロだ。

「ヒーちゃんが鍵を開けたんだよ」

ホムレの老婆が言い訳をするように僕に言った。

「コンコン、コンコン、ガラスドアをノックする音がしてさ、リーダーたちが帰ってきたのかと、ヒーちゃんが様子を見てくるって」

ヒカルと老婆はいつものように洗濯を終えてオープンスペースで寛いでいたらしい。

「悲鳴が聞こえてここに来たら、ヒーちゃんがドアの鍵を開けていて」

ん?

(順番がおかしくないか?)

老婆の言う通りだと、ヒカルは悲鳴を上げてからドアを開けて男を店内に呼び込んだことになるではないか。そして今は互いに向き合って硬直している。

説明のつかない状況に僕は唖然とするばかりだ。

「マモル……」

ヒカルの口から呟きが零れた。

「ほんとうにマモルなの?」

今度ははっきりと相手に問い掛ける声だった。

「ヒカル、生きていたんだね」

男が言った。

「マモルッ」

ヒカルが男の胸に突進した。両手を広げて受け止めようとした男が、ヒカルの勢いに負けて後方によろめいた。なんとか踏ん張り、ヒカルをきつく抱き締めている。

「どうなってんだい」

老婆が疑問を口にしたが、僕にはある程度の推測は付いた。マモルとヒカルが呼んだ男は亀戸に住んでいたというヒカルの恋人に違いない。そう納得するしかなかった。

(東京から避難せずに亀戸に残っていたのか)

そうだとしてもその落魄《らくはく》ぶりは尋常ではない。

「イサムさん」

男に抱き締められたままのヒカルが僕に顔を向けた。

「助けて下さい」

ヒカルに哀願されて気付いた。男は自分の足で立っていない。ヒカルを抱き締めた腕も力なく垂れている。どうやら気を失っているようだ。

慌てて二人に駆け寄りヒカルの腕から男をそっと引き離した。紙のようにと言えば大袈裟かも知れないが、本当にそう感じたほど男は体重が無かった。

「とりあえず寝かせよう」

ヒカルに言って男を間近のフラットシートに運んだ。

「水を飲ました方がいいんじゃない」

ホムレの老婆に言われた。

「唇が白くなっているし肌もカサカサだよ」

男のそばに居るようにヒカルに伝え、ドリンクコーナーのカップに冷水を満たした。

「病気というんじゃなさそうだね」

僕に従った老婆に言われた。

「ええ、衰弱ですかね。発熱はしていませんでしたからコロナではないでしょう」

「そうだよ。あれは衰弱だよ。わたしもあんなのたくさん見てきたから」

言いながら老婆が僕にタオルを渡してくれた。

「あれじゃ水を飲めないだろうからこれに水を含ませてさ」

「やってもらえませんか」

僕は頼んで冷水を充たしたコップを老婆に渡した。

(ヒカルの恋人か)

ぼんやりとそんなことを考えていた。

コップとタオルを手に、男を寝かせたフラットシートに向かう老婆の背中を見送りながら、僕の胸にフツフツと湧いてきたのは怒りに似た感情だった。

ひとりでマンガ喫茶を訪れたということはマモルとやらはヒカルの居場所を知っていたのだ。

(だったらどうして今まで来なかったのだ)

(今さらなにをしに来たのだ)

(亀戸から浅草までなら歩いて来られただろう)

そんな想いが胸中に充満した。

しかしやがて目覚めたマモルがヒカルに話したところによると、彼は亀戸から歩いて来たのではなかった。

「仙台《せんだい》から歩いて来たらしいです」

ファミリールームに戻ったヒカルから教えられた。

「仙台って東北の?」

「そうです。そこの建築現場から脱走してここまで歩いて来たらしいです」

通称江戸通りと呼ばれる国道六号線は東北と東京を結ぶ国道だ。それを頼りにマモルはひたすら浅草を目指して歩いて来たらしい。浅草にさえ辿り着けば、ヒカルがいるマンガ喫茶の場所を探し出すのは造作もない。雷門前店なのだから迷うこともない。

マモルが語ったことをヒカルが教えてくれた。

ロックダウンの日、集合場所に指定された錦糸公園は大勢の避難民でごった返していた。

警察官に指示されて行列に並ばされ、その列を離れてヒカルを探すことも規制された。携帯電話は列に並ぶ前に没収されていた。お互いに連絡を取り合った者たちが列を離れて合流しようとしたら混乱するだけだと説明された。

錦糸公園に集合した一団は同じ場所に避難するから避難先で探せと命令された。

マモルが乗り込んだバスは高速道路を仙台に向かった。仙台で下ろされ、マモルはヒカルを探そうとしたが自由行動を禁止され、そのまま何棟かのプレハブの仮設小屋が並ぶ場所へと誘導された。ヒカルと離れ離れになっていることを訴えると、ヒカルの職業を訊かれスーパーの警備員だと正直に答えた。「だったら同じ仮設小屋に隔離される。ただし割り当てられたプレハブ小屋から出られるのは二週間後だ」と素っ気なく返答されただけだった。

「仮設小屋に入居する前に感染検査を行うからここで待機しろ」

誘導された場所は仮設小屋近くの空き地だった。

そこで感染検査が行われ、陽性反応が出た者はバスに戻ることを命じられた。もちろんそれだけの人数なので検査には相当の時間を要した。

真冬の仙台で毛布も与えられずロープで規制された地面に座り二晩を過ごした。空き地にはテントは張られていたがそれは屋根だけのテントで、北風は容赦なく吹き込み、見知らぬ避難民たちは身を寄せ合って寒さに耐えた。

検査が終了した者は、プレハブの仮設小屋で二週間の経過観察が行われた。六畳一間に八人が寝起きした。朝晩の二食、粗末な弁当が支給され、経過観察後マモルらは建設現場の宿舎への移動を命じられた。その時点でヒカルを探すことは諦めていた。そんな気力は残っていなかった。

連れて行かれた場所は新たな仮設住宅を建設する現場だった。その仮設住宅はマモルらが向こう何年間か暮らすことになる住宅だと説明された。完成後は、仮設住宅の敷地内であれば行動が規制されない。ただし敷地外へと出れば逮捕拘束もあり得る。

避難民三百人近くが暮らす仮設住宅が完成し、マモルらの避難地での生活が始まった。家族がいる者は家族単位で、単身者は三人で暮らすことが指示された。もちろんマモルは仮設住宅内でヒカルを探した。しかし見付けられないまま季節は過ぎていった。

（もしかしてヒカルはあのバスに乗っていなかったのではないだろうか）

疑問がマモルの胸中に芽生えた。

それはどんどん成長し、いつしか確信へと変わった。

（東京に行こう）

決心したマモルは深夜に仮設住宅を抜け出した。

「それから六号線を探して、見付けた後はひたすら歩いて来たそうです」

ようやくヒカルが話し終えた。聞いているだけで疲れを覚えるような話だった。

どれだけの日数歩いたの？

食べ物や水分補給はどうしたの？

もしこのマンガ喫茶にヒカルがいなければどうするつもりだったの？

疑問が次々に湧き上ったが、それを口にするのも躊躇《ためら》われるほど、ヒカルも疲弊《ひへい》しきっていた。

そんな疑問はどうでもよく思えた。マモルの衰弱ぶりを考えたら、あながち作り話とも思えない。作り話ではなく本当だったら、それはどれだけ、マモルがヒカルに対して本気だったかということだろう。

「これからのことなんだけど」

その話題を避けることはできなかった。

「彼氏さんと僕が場所を替わろうか？」

おずおずと訊ねてみた。

「いえ、リーダーたちには私の知り合いだと説明します。場所を替わる必要はないと思います」

「でもそれじゃぁ」

「ここでのリーダーたちとの生活は曲がりなりにもうまくいっています。そんななかで、恋人同士の二人が一緒に住んだりしたら、空気が乱れると思います」

それにマモルは当分の間動けないだろうと付け加えた。亀戸でひとり暮らしをしていた知り合いがヒカルを頼ってマンガ喫茶に来た。仙台から歩いてきたことも当分は隠しておくと言う。

「二人がそれで納得するんだったら僕に異論はないけど」

複雑な気持ちで僕は納得した。これからヒカルと寝起きを共にしても、今までのような安らかな気持ちにはなれないだろう。そのことは分かっているが、ヒカルと離れてフラットシートに移るのもどうかと思える気持ちがあった。

（マモルのことはいない者として考えよう）

そんな中途半端な割り切りをすることにした。

夕方になりいつものようにリーダーたちが帰ってきて、ヒカルがマモルのことを説明した。

その場所に僕は立ち会わなかった。

マモルがメンバーに加わってマンガ喫茶の住人が八人から九人になった。

マモルは当分動けそうにもない。自分の事を棚に上げて言うのもなんだが無駄飯食いがひとり増えたということだ。

マモルを追い出せばいいというほどではないが、役立たずがひとり増えたことにリーダーや他のホムレが苦言の一言でも口にすることを期待した。そうなれば僕がマモルを庇い、正義漢ぶってやろうと目論《もくろ》んでいたのだが、意に反して、リーダーも他のホムレたちもマモルを抵抗なく受け入れた。それどころかリーダーは病人に優しい食べ物を漁るようにみんなに指示し、それをみんなも当然のこととして受け入れる始末だ。

ひとり増えた三日後にひとり減った。

ホムレの老婆が高熱を発したのだ。

発熱が判明したのは物資調達班が出た後、いつものように老婆とシャワールームで足踏み洗濯をしていたヒカルが老婆の体調不良に気付いたのだ。

「コロナかも知れないから一番奥のフラットシートに隔離した方がいいな」

ヒカルからの相談を受けた僕は当然の判断をした。マンガ喫茶の店内でクラスターが発生したら一大事だ。

「どうしてですか。お婆ちゃんは外出していないんですよ。コロナであるわけがないじゃないですか。どこで感染したと言うんですかッ」

仲の良いヒカルが僕に食って掛かった。

「それはそうだが、僕たちにはコロナかどうか検査する方法がないんだ。だったら最悪を想定して対処すべきだろう」

確かそれはリスクマネージメントといったっけ。最大のリスクを想定して対処するのが必要なのだと、オミクロン株の水際対策に失敗した政府を詰《なじ》る呟きを見たことがある。

「ヒーちゃん。わたしはいいんだよ。熱が下がるまで一番奥の部屋で養生させてもらうよ」

老婆が憤慨するヒカルを宥《なだ》めた。

「いや、それだけじゃ足りないんですよ」

僕は老婆を諫《いさ》めた。

「トイレも別にしなくちゃいけない。便器を流す水の勢いでウイルスが拡散するかも知れないでしょ。面倒だけど、お婆ちゃんは二階のファミレスのトイレを使ってもらえませんかね」

マンガ喫茶には男女それぞれ一室ずつのトイレがあるが、ホムレたちとの共同生活が始まってからは、男女の区分なく共同でトイレを使う生活をしている。

「いわゆる飛沫感染というやつですよ」

自分の知識をひけらかした。

また食って掛かろうとしたヒカルを制して老婆が言った。

「分かりました。そうさせてもらいます」

素直に頷いた老婆は「引っ込む前に用を足しておくよ」とヒカルに告げて二階へと降りた。

半時間経っても老婆は戻ってこなかった。

「もしかして二階のトイレで斃《たお》れているんではないでしょうか」

心配したヒカルが様子を見に二階に降りた。しばらくして血相を変えて戻った。

「いません。お婆ちゃんがいなくなっています」

「どうして？　なにか探しにでも行ったのかな？」

「分からないんですかッ」

ヒカルが怒声を上げた。

「イサムさんがコロナかも知れないと言ったから、お婆ちゃんはみんなに迷惑を掛けたらいけないと思ってひとりで出て行ったんですよ」

「それはヒカルの推測だろう」

受け流したが、あながち間違っていないだろうと内心では納得していた。

「とにかく安易に決め付けず、しばらく様子を見てみよう」

その場をごまかしてみたが、老婆はリーダーたちが物資調達を終えて帰ってくる時間になっても姿を現さなかった。

「高熱を発した自分がコロナに感染しているかも知れないと思い込んで、みんなに迷惑を掛けないよう出て行ったみたいなんです」

僕はリーダーにそう報告した。

「外出もしていないんで感染している可能性は限りなく低いんですけどね」

言われる前に付け加えた。

傍らに立つヒカルが余計なことを言わないか横目で様子を窺ったが、ヒカルは冷たい眼差しで僕を睨み付けるだけだった。

「あの婆さん、自分は外に出とらんから鼻うがいもせんでええやろうと決め付けとったさけぇな。それがアカンかったんやろうか」

リーダーの言葉に今度は僕が冷たい視線をヒカルに送った。僕は自分用の点鼻薬をファミリールームに置いていた。小まめに鼻うがいをし、僕ほどではないが、ヒカルもファミリールームに戻るたびにそれをしていたはずだ。

「みんな、婆さんを探しに行くで」

リーダーがホムレの連中に声を掛け、全員が文句も言わずにその言葉に従った。

二時間くらいして帰ったリーダーから婆さんの死を告げられた。

いつもネグラにしていた隅田公園の草むらで息絶えていたらしい。

「やっぱりコロナだったんですね」

いくら外が厳寒だとはいえそんな簡単に死ぬわけがない。

「お婆ちゃんの……」

ヒカルが言い淀んだ。

「身体はどうしたんですか」

なるほど死体とか亡骸という言葉を使うのに躊躇したのか。

「万が一コロナに感染していたとしたらここに持って帰るわけにいかないからな。隅田川に流したよ。そのままにしたんじゃカラスとかカモメのエサになるからな」

リーダーが答えた。万が一という言い方が気にくわなかったが、それを指摘すれば自分の立場を悪くするだけだと口出しを控えた。

「とにかくこれからは、マスク、手洗い、鼻うがいを徹底しましょう」

提案した。

僕は疑っていた。調達班の誰かが鼻だしマスクとかしてウイルスを持ち込み、それが老婆の感染の原因だったのではないだろうか。

「前にマンガ喫茶の利用者の体温測定をしていた非接触型の体温計がカウンターの引き出しにあるはずです。今から、そして明日からも全員の体温測定をすることにしましょう」

僕が提案して遅い夕食になった。

「ヒカルは濃厚接触者なんだから、しばらくの間は体温測定をマメにするように」

まだ含みを持った目で僕を睨むヒカルに言った。

「発熱したら私もここから出て行きます」

目を背けてヒカルが恨みがましそうに言った。

「いや、なにもそこまでしろと言っているんじゃないんだ」

僕は半ばうろたえ気味に言葉を返したが、その言葉はヒカルに無視された。

9　政府広報室

いつものように政府広報を閲覧していた僕のパソコンモニター画面にいきなりビックリマークが現れた。画面いっぱいに表示されたそれは細かく振動している。

（ウイルスに感染したんだろうか？）

とっさに僕はそれを疑ったがマークの下のメッセージに考えを改めた。

『東京に残られておられる皆様に政府広報室から大切なお報せがあります』

そう表示されていたのだ。

それとてウイルスかも知れない。

しかし僕が使っているのは僕のパソコンではなくマンガ喫茶のパソコンなのだ。たとえウイルスに感染したとしても困ることはない。店内にはまだまだたくさんのパソコンが残されている。僕は迷わずビックリマークをクリックした。

ウイルスではなかった。ほんとうに政府広報室からのメッセージのようだった。

「東京に残留している方々へ」というタイトルのメッセージはアンケートになっていた。

・こちらは政府広報室です。東京エリアに取り残されているみなさんの近況を教えて下さい。

それに続いていくつかの質問が並べられていた。

・なににお困りですか？

・必要なものはなんですか？

・何人で暮らしているのですか？

・身近に感染者はいますか？

僕がいる場所とか施設を問う質問はなかったが、おそらくそれを質問者は把握しているのだろう。こちらの生活実態を知りたいようだ。僕はどの質問にも正直に回答した。正直に答えることでメッセージとの関係を保ちたいと考えた。

回答を送信すると、しばらくしてメッセージが返信された。

——私たちとの関係は他言無用でお願いします。もしそれが守れなかった場合、この関係は終るとお考え下さい。ただしお守り頂いている限りにおいて私たちは貴方に有益な情報をご提供することをお約束致します。

メッセージはテンプレに思えたが僕は生唾を呑み込んだ。

(本当に政府広報室から発せられているメッセージなのか)

その疑いは拭い切れない。

(たとえそうであるにせよ、このメッセージとの関係を保つことが有益なのか)

そんなことを考えたりした。

そもそも僕は政府を信用していない。

政府広報室というのは政権とは切り離して考えるべき存在かも知れないが、いずれにせよ官僚組織の誰かが担当しているのだろう。しかしその官僚も長期にわたった与党政権により、完全に政権のコントロール下にあるという認識もある。それはツイッターに影響された僕の認識だ。

(でも……)

と、僕は思い直す。

たとえ腐敗し、一部の権益にしか利さない政権、あるいはその支配下にある組織だとしても、それに繋がることが無益だとは思えない。正直なところを言うと、僕は上級国民の末席に立場を得たような気持ちにさえなっていた。
・なににお困りですか?

その質問に僕は水道電気のインフラが切断された場合、その確保が不安だと答えた。隅田川の水をろ過して飲むつもりだが健康被害はないのかと質問した。

さらに電力が切断された場合パソコンが起動できなくなる。たとえできたとしてもプロバイダー契約を切られたらインターネットに接続できなくなるという不安を記して返信した。

その回答は昼過ぎに寄せられた。

初回と同じビックリマークが画面に現れたのだ。

こんな内容のメッセージだった。

『ご検討されている簡易浄水器で十分役に立つと存じます。特に炭を使われるのは大正解です。それで捕捉できない雑菌などがご心配であれば次亜塩素酸カルシウムを使用することが推奨されます。一般的にはカルキという呼称で知られている薬剤です。しかしこの薬剤自体も人体への影響をご心配される方がいらっしゃいます。その除去方法としては煮沸《しゃふつ》、汲み置きなどが挙げられますが、汲み置きした水には保管方法次第で雑菌が繁殖する可能性も否定できません。それを踏まえ推奨されるのがレモン汁の活用です。もし生レモンの入手が困難である場合、市販の濃縮レモン汁でも代用が可能です』

そんな文章に続き、リッター当たりの浄化水のカルキやレモン汁の混合比率、また僕らが滞在する雷門前のマンガ喫茶を拠点とし、それらが入手可能な場所——主にはコンビニとかスーパー、そして薬局だが——まで詳細に記されていた。

ネット環境を維持するための電力とプロバイダーについても詳述されていた。

『電力の確保としては折り畳み式のポータブル太陽光発電機が推奨されます。またプロバイダーについてはＢＢＣＭという会社が政府に協力してくれ、高速通信回線を確保してくれることになっています。費用はこちらで負担致しますので無料でご利用することが可能です。ただしこれは東京エリア限定の措置ですので。こちらが指定するパスワードをお使いください』

もちろんポータブル太陽光発電機を入手できる場所も添えられていた。

指定されたログインＩＤは「isamu」（僕の名前）パスワードは『kaminarimonmaemangakissa』（雷門前マンガ喫茶）だった。

やはり先方はこちらの氏名と所在を確認しているのだ。

パスワードとは別に、氏名、住所、携帯電話番号も必須項目として入力しなければならない。マイナンバーカードのナンバーは任意だった。

僕は『□保有していない』にチェックマークを入れた。

登録作業を終えて僕は考え込んだ。

(こちらの質問と回答に微妙なすれ違いがある)

例えば僕は、隅田川の水をろ過して飲むことの是非しか質問していない。しかし寄せられた回答では僕たちが簡易浄水器を作ることを前提として答えている。しかも炭を利用することまで知っているのだ。

(検索履歴がすべて把握されている)

そう考えるのが妥当だろう。

あえてそれを隠そうとしないのか、上手の手から水が漏れたのか、それを判断することは僕にはできない。

もうひとつ気になったのは相手がポータブル太陽光発電機を推奨してきたことだ。

僕は相手が推奨してきたプロバイダー経由でネットに接続し、【連絡欄】と標題された項目に質問を打ち込んだ。

――電気ガス水道のライフラインは切断されるのでしょうか?

今度は直ぐに回答が返ってきた。

――一週間後の一月三十一日の午前零時をもって完全に遮断されます。

ずいぶんと素っ気ない回答だったが、僕にとってはそれで十分な情報だった。

一週間後に東京ゲットーのライフラインは完全に遮断されてしまう。

(どうすればいいんだ)

自問した。

自問しながら今までのようにツイッターを閲覧しようとしたり、いくつかブックマークしているブログをチェックしようとしたりしたが、それらとは繋がらなかった。繋がらないどころか、今までのプロバイダーに入ることさえできなかった。僕の情報入手先は『政府広報室』を名乗るアカウントだけになってしまったのだ。

その夜、マモルを除く全員を集めて集会を開いた。マモルは未だ体力が回復せずフラットシートに寝たきりだ。食事は、できるだけ消化が良さそうなものを選んでヒカルが運んでいる。ヒカルはそれと洗濯を終らせオープンスペースでぼんやりしている。話し相手の老婆の不在が寂しそうだ。

「東京エリアの電気ガス水道のインフラは一週間後の午前零時をもってすべて切断されます」

僕の発言にざわめきが広がった。

しかし誰も疑問の声を挟まない。それどころかその情報の出所を確認しようとさえしない。情報収集に関して僕は全幅の信頼を得ているようだ。

「ひとつひとつ検証しましょう」

ざわめきが収まった。

「先ず電気が止まるということについて問題になるのは暖房が止まるということです」

「ワイらはアオカンに慣れとるさけぇ」

「アオカン？」

いつものようにみんなが座った列の後ろで仁王立ちし、腕組みをしているリーダーの言葉を聞き咎めた。

「違うがな。ニイチャンの考えとるアオカンとは別の意味や」

リーダーが言って会場にクスクス笑いがさざ波のように広がる。

「ワイらにとってアオカンちゅうのは野宿の意味や」

「それにしてもこれから厳冬期を迎えます。ここにあったひざ掛け毛布だけでなく、ちゃんとした蒲団を用意しておくことが重要でしょう」

「まあな」

リーダーが同意したがそれは真からの同意とは感じられなかった。僕も含めてだが、全員分厚いダウンジャケットの上下を二着ずつ保有している。それは物資調達班が食糧調達の折に持ち帰ったものだが、暖房が利いている部屋で着るには暑過ぎるほどだ。だから暖房が切れると知ってもそれほどの危機感は抱かないのだろう。

「せめて掛布団だけでも調達しませんか」

「寝袋でもいいべ」

前列のホムレから提案があった。

「寝袋なら嵩《かさ》がたいしたことないし、折り畳んで丸めたら持ち運びに便利だかんな。錦糸町のな、山登りの店に置いてあったな」

アウトドアショップということか。

「なるほど、それも一計ですね。では、明日は寝袋を中心に調達して下さい。おひとりで全員分はご負担でしょうから、三人でお運び頂いたらいいでしょう」

僕が人数割りしているのにリーダーは口を挟まない。他のホムレからも異論の声が出ない。

「午前中に入手搬送を済ませて午後から食糧調達をお願いします」

業務の割り付けまで僕はやってしまった。だがホムレたちは頷くだけだ。

「ちょっといいですか？」

挙手したのは窓際に立つヒカルだった。

「電気が途絶えるということは、パソコンも使えなくなるということですよね。イサムさんはこれからどうやって情報を収集するんですか」

言葉に棘を感じる。情報収集できなければアンタなんか無駄飯食いだと言わんばかりだと感じるのは僕の僻みだろうか。

「なかなかいい質問だね」

余裕がある僕は鷹揚に答えてしまう。

「電気の確保は折り畳み式ポータブル太陽光発電機を使おうと思っているんだ。暖房とかには不十分だけど、パソコンを起動させるくらいの電力は得られると思うよ」

確信はなかったが政府広報室が勧めているのだから間違いはないだろう。

ほとんど窓のないマンガ喫茶だが、オープンスペースの大きな窓はすべて南向きなので、その点も心配する必要はない。

「そのポータブルなんちゃらいうのん、どこにあるのかワイら知らんで」

初めてリーダーが口を挟んだ。

「どこで手に入るのか、正確な位置を僕は把握しています」

「だったらそれを教えてもらえるか」

「いえ、そうはいきません。どの発電機が適しているのか、僕が現地で確認する必要がありますからね」

「ほな、ニイチャンが外に出るちゅうんかいな？」

「ええ、出ます。このチームの重大事項ですから、僕が出ないわけにはいかないでしょ」

少し考え込んでからリーダーが言った。

「ほな、明日はワイがニイチャンのボデーガードに付くわ。錦糸町に行くのは他の四人みんなで行けや。寝袋だけやないで。この前の話では、墨田区と江東区にはまだまだ荒らされとらん店がようけあったらしいやないか。そこでエサも調達してくるんや」

それぞれの役割分担が決まって説明会は散会となった。

僕たちのブースに戻ってヒカルに訊かれた。

「電気を確保しただけでネットに繋がるんですか？」

突っかかる言い様に聞こえた。

さすがに若いだけのことはある。プロバイダーの契約切れをヒカルは指摘しているのだ。

「無料で繋がるプロバイダーを見付けたんだ。ずっと無料で利用できるんだ」

ヒカルになら、僕が政府広報室と繋がっていることを教えてもいいかと考えたが、思い直した。秘密厳守の約束を破るのは、かなりリスキーなことと思われた。彼らはほぼ完全に僕の個人情報を得ているだろう。迂闊なことはできない。

「そんなプロバイダーがあるんですか？」

半信半疑の体のヒカルに問い掛けられた。それはそうだろう。どのプロバイダーにも月額使用料が掛かるのは当然だ。

「クレジットカードにリボ払いの設定をしているから、残高が足りなくなったら自動的に借り入れをして支払ってくれるんだよ」

適当なことを言った。

クレカは持っていたけどリボ払いを設定したことはない。リボの金額が貯まると、利払いだけで元金が減らなくなると嘆く呟きをツイッターで見たからだ。

「クレカ？　さっき無料だと言いましたけど」

揚げ足を取られた。

「無料みたいなもんなんだという意味で言ったんだ」

吐き捨てる言葉を返してやった。

ヒカルとの距離感に寂しさを感じるが、自分が選ばれた人間なんだという高揚感の方が今は勝る。今回のこともそうだが、質問すれば必要な回答がすぐに得られる。質問していないことまで助言してくれる。やはり権力とは繋がっておくべきだと改めて僕は思った。

翌日、久しぶりに外に出た。まだ風は冷たかったが陽の光を浴びて全身がリセットされるような気持ちにさせられた。何気ない道路を歩ける自由に頬を弛めた。リーダーが一緒でなければ、わけもなく笑い出していたかも知れない。

所々商店が打ち壊しにあっていたが、その有様は強奪の果てというのではなく、引っ越しの跡のようにきれいさっぱりがらんどうになっていた。強奪を思わせるのは破られたドアの痕跡くらいだ。

それ以外に目に付いたのは犬猫の多さだった。街角のそこら中に犬や猫を見掛けた。僕の知る以前の東京で野良犬を目にすることはなかった。野良猫は時々目にしたが、それが野良だったのかどうかも疑わしい。いずれにしても、目にしている犬猫のほとんどは飼い犬や飼い猫だったものなのだろう。

「あいつら警戒しとんや」

犬猫に興味を示す僕にリーダーが言った。

「捕まえて食べようとした奴らがおったんやろうな。いや、最初のころは、実際に食べられてしもうた犬や猫もおったに違いないわ。そやけどもうアカン。これだけ警戒されとったら捕まえようとしても逃げられるだけや」

悔しそうに言う口調に、リーダーがそれを試みたのではないかと僕は疑った。

「あれは……」

僕は思わず立ち竦んでしまった。

「カラスや犬猫に漁られた行き倒れの死体や。新型コロナで死んだんか、他の理由で行き倒れたんか理由は知りようもないけどな。街中歩いてたら、あんなんもそこらじゆうで目にするわ」

「急ぎましょう」

吐き気をもよおして足を速めた。蝿《はえ》が黒集《くろだか》りする死体に近付きたくはなかった。

目的地に到着する前にリーダーが言ったとおりかなりの死体を確認した。なるべく見ないようにしたが、そこかしこに転がっているので目に付いてしまう。そのうち僕は、転がっている死体に麻痺してしまった。風景の一部にしか思えなくなっていた。

(ヒカルの恋人のマモルもあのひとつになっていたかも知れない)

そんなことを僕は考えてしまう。

(いっそうのことアイツが行き倒れになってくれていたら、ヒカルとの仲も今ほど拗《こじ》

れてはいなかっただろうに)

ヒカルとの仲が気まずくなったのは、マモルが原因ではなく、ホムレの老婆を僕がマンガ喫茶から追い出したとヒカルが誤解しているからだろう。それを理解していながら、僕はマモルに憎悪の感情を向けてしまう。

マモルは今でもひとり用のフラットシートで横になったままだ。なかなか体力が回復しない。それさえ僕はマモルの怠惰《たいだ》ではないかと疑っている。ホムレの連中は、マモルに消化が良くて体力がつくものをとゼリーとかバナナとか甘食とかを集めてくる。それは衰弱しているマモルを思ってのことなのだろうが僕は気に入らない。どうしてチームの役に立っている僕より、寝たきりのマモルがみんなに優遇されるのか、それが僕には納得できない。

プリントアウトした地図を参照しながら目的の場所に到着した。そこは浅草八丁目の裏通りにある目立たない倉庫だった。

「こんなとこに発電機があるんかいな?」

怪訝な面持ちでリーダーが言った。

「ええ、地図ではここになっていますね」

応えたが不安だった。

（本当にこんな場所に発電機があるのだろうか）

しかも倉庫にはシャッターが下ろされているのだ。

「なんやこれ、鍵が掛かってへんやないか」

シャッターに手を掛けたリーダーが不審げに少し引き上げて中を窺った。

僕もそれに釣られて覗き込んだ。

倉庫内は真っ暗だった。

リーダーがシャッターを全開にした。外から射し込む光に倉庫の中央に置かれたテーブルが照らし出された。倉庫の広さは八畳くらいか。倉庫の中にはテーブルの他にはなにもないようだ。

木製の頑丈そうなテーブルの上に黒い箱が二つ、その箱には『発電機』『蓄電機・ノート』とそれぞれに札が貼られている。蓄電機があるのはありがたい。

ノートとはノートパソコンのことだろう。蓄電機があれば日中発電した電力を蓄電し、リクライニングシートのブースでデスクトップを弄《いじ》れる。ノートパソコンがあれば、マンガ喫茶以外の場所でもアクセスできる。

「なんかおかしないか？」

リーダーが疑問を口にした。

「なにがでしょ？」

疑問で返した。

「まるでニイチャンがここに来るんを知ってたみたいに用意されとるやないか」

確かにそうだ。

暗さに慣れた目で倉庫内を見渡しても、二つの箱が置かれたテーブル以外にはなにもない。

（政府関係者が用意してくれたのか）

そう思ったがそれを口にはできない。

「用意してくれたんじゃなくて、ここの場所を僕がネットで見つけたんですよ。ある人のブログにね、東京から脱出する前、買ったばかりの発電機を置いてきたと書かれていたんです」

努めて明るい声で言ってみた。

「ネットてそんなことまで知ることができるんか？」

信じられない気持ちをリーダーが露《あら》わにする。

「ええ、使い方次第ですけどね」

僕は平然と応えるがリーダーと視線を合わせることができない。

「とにかく持ち帰りましょう」

リーダーを促して『発電機』のシールが貼られた箱を両手で持ち上げた。

思った以上に軽い箱だった。

「これもいるんか？」

「蓄電機もあった方が便利ですから」

「そやけどオマエ、蓄電機のことは言うてなかったやないか」

（どこまでもしつこい男だ）

「いいじゃないですか。あった方が便利なんですから、もらっていきましょうよ」

リーダーを残して倉庫を出た。直ぐに蓄電機の箱を抱えたリーダーがついて来た。

帰路は無言で歩いた。

リーダーはあれやこれやと話し掛けてきたが、それを僕は全スルーした。

（政府に雇われた人間が東京ゲットーに潜入しているんだろうか？）

（それとも僕みたいに政府と連絡が取れる誰かが政府の指示で動いているんだろうか？）

（僕もいずれ政府に使ってもらえる身になるんだろうか？）

そんな想いが脳裏に去来しリーダーの言葉に耳を貸す気にもなれなかった。

途中異音を耳にして空を見上げた。かなりの低い高度をヘリコプターが飛んでいた。

普通のヘリではない。

黒に近い濃紺を基本とし、迷彩柄に塗装されたそれは軍用ヘリコプターを連想させた。

「最近ちょくちょく飛んでんねん」

忌々し気な口調でリーダーが言った。

「そうですか」

僕は気の無い返事をしただけだ。

「浅草寺のニワカの奴ら、大きな布にＳＯＳとか書いてアピールしとるけど、助ける気があるんやったら、とっくの昔に助けとるっちゅうねん」

「なるほどね」

「せめて食いもんだけでも落としていかんかいなといっつも思うわ」

「そうですね」

適当に相槌を打ってその話を終らせた。

マンガ喫茶に戻ってオープンスペースの窓際に太陽光発電機の箱を開いた。

「これでええんやな」

リーダーは調達班と合流すると言ってマンガ喫茶を出た。

三つ折りの太陽光発電機は、かなりの広さになった。大型の猛禽類が羽を広げた様を連想させる。けっこう横幅のあるオープンスペースの窓いっぱいに広がった。中央付根にある小さなLEDライトが赤く光った。発電が開始されているのだ。

「凄いね。どんどん溜まっているよ」

発電機とケーブルで接続し、床に置いた蓄電機の傍らにしゃがみ込んで蓄電ゲージを覗き込んでいるヒカルに話し掛けた。ヒカルは無表情のまま反応しない。そればかりか、これ以上話し掛けられるのが迷惑だと言わんばかりに立ち上がる。そしてオープンスペースのすぐ近くのマモルが横になるフラットシートに四つん這いになって身を入れている。

ズックを履いた足の先だけが見えるが、中でなにをしているのやら。

(どうせキスくらいはしているんだろう)

僕は勝手に妄想していじけてしまう。

ヒカルとマモルは恋人同士なのだから、そしてマモルは厳寒の国道六号線を仙台から浅草まで、ヒカルがいるという確証もなく歩いて来たのだから、ヒカルがマモルを大事にするのは当然だろう。しかし気に入らない。

昼過ぎから始め、日が暮れる頃には蓄電機は八割がた電気を溜めていた。それを示すゲージを見ながら高性能の太陽光発電機を用意してくれたのだなと政府広報室に感謝した。

畳んだ発電機と蓄電機をそれぞれ左右の手でぶら下げ、僕はリクライニングシートのブースへと移動した。例によってヒカルがアヒルの雛よろしく従ったが、これから大事な仕事なんだとブースの扉を閉めて施錠した。デスクトップパソコンをオンにするとビックリマークが自動的に現れる。コメント欄にメッセージを入れた。

――太陽光発電機と蓄電機を入手しました。

二分と掛からず画面に親指を立てたマークが大きく映し出された。

翌日、政府広報室からメッセージが送られてきた。

浅草寺の様子を伝えて欲しいという要請だった。

前日に僕の上空を飛んでいたヘリコプターが頭に浮かんだ。凡《おおよ》その内容は摑んでいるのだろうが、やはり上空からでは限界があるのだろう。

――どのようなことを調べればいいのでしょうか？

僕はやる気満々だった。

なにしろ僕は、政府の一員として働いているのだ。ホムレの連中とは違う。彼らがどれだけ望んでも、到達することなどできない地位にいるのだ。浅草寺に集うニワカ連中とも違う。もしそこに内通者がいるのであれば、わざわざ僕にそんな要請などしてこないだろう。

僕は政治に興味を持って来た。コロナ禍で職と住居を失い、与野党が逆転するかも知れないという政局に興味を持ったのだが、どちらにも偏らず広く情報を集めることに熱中した。

さらには日本経済の中核を担うかも知れないP社のホームページや代表の発言を細かく追い掛けた。そして新型コロナウイルスの感染予防の知識を得るために、それに関連するアカウントも毎日のように追跡した。

(僕は政府広報室にどう思われているんだろう)

(少なくとも反動分子だとは思われていないのではないか)

すぐにメッセージが返ってきた。

——細かいことは良いです。彼らの暮らしぶりや、彼らが現政権をどう思っているか、そのあたりのことが分かれば十分です。それから東京株に感染していないか、できればその点も知りたいですね。

——お任せ下さい。

請け負ってデスクトップパソコンをシャットダウンした。

ヒカルに見つからぬよう僕はマンガ喫茶を後にした。

すぐ先の横断歩道を渡ると雷門前に出る。大きな提灯の下に立って浅草寺の参詣道にあたる仲見世通りを覗き込んだ。仲見世通りに人影はなかった。

第二章　タハラ

1　浅草寺

自分のミッションを思い出した僕は無人の仲見世通りに足を踏み入れた。

仲見世通りに並ぶ商店のシャッターはバールかなにかで抉《こ》じ開けられている。

少し歩くと壊れたシャッターに凭れてボンヤリとしている老婆を見掛けた。老婆はクシャクシャになったウレタンマスクをしていた。

痩せた老婆だった。うす汚れたダウンジャケットの下は重ね着をしているのだろう、かなり着ぶくれしている。カサカサに乾いた唇、白髪はゴワゴワに撚《よ》れて爆発している。目も空《うつ》ろだ。その場所で日向ぼっこしているようだった。

「浅草寺で暮らしている方ですか？」

試しに問い掛けてみた。

顔を上げた老婆の目は目ヤニで半分塞《ふさ》がれていた。

「あんたは？」

「上野のほうから参りました。ここが住み易いと風の噂で聞いたものですから」

「けッ」と老婆が口を歪めた。

「なにが住み易いものかね。それは一部の人間に限られたことだよ」

吐き捨てるように言った。

「一部の人間と言いますと？」

「若い連中さ。アイツらやりたい放題だ」

「もう少し詳しく聞かせてもらえませんか。これでもどうぞ」

ダウンジャケットのポケットに忍ばせていたアンパンを取り出した。それをひったくるように老婆は受け取り、周囲を気にしながら貪り食った。

臭った。

焦げ臭い匂いだった。不織布マスクをしているのに臭った。

最初のころのリーダーたちの体臭が連想されたが、それよりも鋭角な焦げ臭さだった。

「肉はないのか」

アンパンを食べ終えた老婆に催促された。

それで繋がった。臭いは肉が焦げた臭いだ。

「ここではバーベキューとかされているんですか？」

「ああ、しているよ。それがウチらに廻って来ることはないけどね」

薄ら笑いを浮かべ老婆が言ってウレタンマスクを掛け直した。

ホムレの物資調達班が肉を持ち帰ったことは一度もない。肉どころかウインナーソーセージやハムさえ持ち帰ったことはない。それらはすべてニワカ連中のエサになるらしい。

「若い者が多いから仕方がないわな」と苦笑したリーダーの顔が浮かぶ。

それでもニワカ連中が床に落として拾い忘れた缶詰などを持ち帰ってくれるので――それがコンビーフだったり鴨肉の缶詰だったりするので――僕はそれほど肉料理を渇望することはなかった。

しかしバーベキューとなると話は別だ。

肉汁の滴るそれを僕は猛烈に食いたくなった。もう長い期間そんな物を口にしたことはない。東京逆ロックダウンが始まる前から、インキャラで友達がいなかった僕には、バーベキューに行く機会などなかった。

「肉はないのかと訊いているんだッ」

老婆が苛立った。

「あいにくですが肉は持っていません。なかなかの貴重品ですから、手に入れることもできないんです。でも、ここの人はバーベキューができるほど肉を確保できているんですね」

羨望の眼差しを老婆に向けた。

「さっきも言っただろう。それがウチらに廻って来ることはないんだよッ」

老婆がますます苛立つ。

「誰が食べるんですか？」

「尊師とその取り巻きだよ」

「尊師？」

そういえばかなり以前、地下鉄に毒ガスを撒いて死刑になった新興宗教の団体が神と祀《まつ》っていた指導者もそう呼ばれていた。

「ここでは新興宗教も興っているんですか？」

「ああ、バカげた話さ。観音様の生まれ変わりだと騙《かた》る女が幅を利かせているんだ。なんでも女子プロレス出身で、辞めてからはアイドルとかやっていたとかいう女でよ、若い男がその女を祀り上げて……」

老婆が言葉を切って深々と顔を伏せた。そのままの姿勢で僕に囁き掛けた。

「早く逃げろ。ろくなことにならないから今すぐ逃げろ」

老婆の言葉の意味が分からず顔を上げて辺りを見渡した。

宝蔵門の辺りから墨染の袈裟《けさ》に身を包んだ一団が闊歩《かっぽ》してくる。剃髪《ていはつ》していて格好は僧侶だが醸し出す雰囲気がとてもそうとは思えない。黒いウレタンマスクでも隠し切れない怒気をプンプンさせている。なにを気取っているのか高下駄を履き、それぞれが突いている長い棒も錫杖《しゃくじょう》ではなく黒い角棒だ。

「おい、そこの奴」

先頭の男が手にした角棒で僕をポイントした。

「早く、早く逃げるんだ」

老婆が口早に必死で呟く。

「見掛けねぇ顔だがどこのどいつだ」

黒マスクの一団が高下駄を脱いで素足になり素早く散開する。

たちまち僕は囲まれてしまった。

「言わないこっちゃない」

老婆が溜息交じりに呟いてコソコソとその場から離れていく。一団は角棒を腰だめに構え先端を僕に向けている。

最初に僕に声を掛けた男が歩み寄ってきた。未だ若い。

三十を少し超えたくらいの年齢に思える。

「もう一度訊く。オマエはどこのどいつなんだ。痛い目に遭いたくなければ正直に答えろ」

「合羽橋の道具屋に勤めていたイサムと言います」

「そのイサムがどうしてここに来たんだ」

「たまには観音様にお参りしようかと……」

「ここに観音様などいない。いるのは生き神様の尊師だけだ」

「あなたは？」

「尊師様をお守りする第三警備隊隊長のトドロキだ」

胸を張って答えた。

「第一も第二もいらっしゃるんですか？」

「第七までいる。しかしどの隊がどの隊に比べて偉いというのではない。尊師様の前では全員が平等だ」

政府広報室の要請は浅草寺に巣くう人員の把握だった。取り囲む男たちは十人なので、こんな奴らが七十人は居るということか。

「浅草寺ではかなりの数の人が住んでいると聞きましたが、全部で何人くらいの人が住んでいるんでしょうか」

「ざっと三百人だ。それを統率するのがオレたちの役目だ」

トドロキと名乗った男が鼻の穴を膨らませた気配がした。

黒いウレタンマスクをしているのではっきりとは分からないが、どうやらコイツは自己顕示欲の塊で思慮の足りない奴らしい。僕が勤めていた合羽橋の卸問屋にもこんな奴はいた。主任という肩書ともいえない肩書で威張り散らしていた。自慢話が好きだった。

「三百人も居るようには見えませんが……」

「オレたちとさっきの老いぼれみたいな役立たずを残して、みんな食糧調達に出ているんだ。他の警備隊は監視役として同行している」

トドロキがお喋りな奴だったのに助けられた。どんどん情報が得られる。

「僕もここに住めますかね」

住みたいなどとは思わなかったが試しに訊いてみた。

「オマエなにができる？　ここで暮らす奴らは、それぞれになんらかの特技があるか労役ができるんだ。それがない奴を住まわせるわけにはイカン」

「システムキッチンとか、水回りの修理ならできますが」

フンとトドロキが鼻を鳴らした。

「ここでは役に立たん特技だな。そんな役にも立たん無能者を住まわせるわけにはイカン」

「ネットで情報収集とかもできます」

ちょっとだけムカついて言い返した。

僕は政府広報室と繋がり、情報を得ているのだ。そんな僕を無能者呼ばわりするのは許せなかった。もちろん政府広報室と繋がっていることはこいつらに明かせることではない。

「どんな情報を持っているんだ」

「例えば、一月末日の午前零時をもって水道ガス電気の供給が止まるとかです」

「いい加減なことぬかすなッ」

トドロキが顔を真っ赤に膨れ上がらせた。突いていた棒を他の者と同じように腰だめに構えてその先を僕の胸に向けた。

明らかに動揺している。それほどショッキングな情報だったということだろう。

「惚《とぼ》けたことをぬかすとただでは済まさんぞ」

「す、すみません。そんな情報をツイッターで見たものですから……」

本気でビビった。トドロキだけでなく、僕を取り囲んだ連中も——それは動揺の表れなのだろうが——あからさまな憤怒を僕に向けている。

「今日が肉の日でなく命拾いしたな。下らんことを言っていないでとっとと失せろ」

肉の日？

（スーパーみたいなことを言っているな）

そんな疑問は兎《と》も角《かく》として、せっかく相手が「失せろ」と言ってくれているのだから、素直に退散することにした。

浅草寺に足を踏み入れた時の雷門には向かわなかった。伝法院《でんぽういん》通りに足を向けた。そこを突き切ればホッピー通りを横目に見ながら国際通りへと至る。合羽橋は国際通りの向こうにある通りだ。

立ち去る僕の背中を見守る第三警備隊とやらの視線を感じながら、足早に伝法院通りを抜けた。

左折し新仲見世商店街を横切ると雷門通りだ。

そのまま歩けば雷門に至ってしまう。

奴らと鉢合わせしないとも限らない。

その先のラブホ街を抜け、注意しながらネグラであるマンガ喫茶に帰り着いた。

「どこに行っていたんですかッ」

いきなりヒカルに叱られた。

「その辺をぶらりとしただけだよ」

「心配したんですよッ」

「子供じゃないんだからさぁ」

「もうこんなことは絶対にしないで下さいねッ」

ヒカルが怒る気持ちも分からないではないが、僕には調査結果を政府広報室に報告するという重大な任務がある。これ以上ジャマをしないで欲しかった。

ヒカルを無視してリクライニングシートのブースに向かおうとした。

「太陽光発電機の充電はいいんですかッ」

その言葉に足を止めかけたが蓄電機のゲージは未だ半分ほど残っていたはずだ。それほど長い報告にはならないだろうから大丈夫だ。

「素人が口出しするんじゃないよ」

言い捨てるとヒカルはそれ以上なにも言わなかった。

リクライニングシートに腰を沈めて政府広報室にアクセスした。

——浅草寺の調査をしてきました。

——ご苦労様です。どのようなことが分かりましたか？

メッセージを打ち込むとすぐにレスポンスがあった。その速さに僕は軽い驚きを覚えた。

僕はてっきり政府広報室との遣り取りをメール交換のように理解していた。こんなふうにチャット形式で会話が進められるとは思ってもみなかった。

——彼らは三百人程度で暮らしているようです。

——浅草寺の規模の割には少ないですね。五百人は暮らしているのではないかと推測していたのですが。

——コロニーをまとめている人間からの情報ですので割と正確ではないかと思いますが。

——どのような人物なのでしょう。

——第三警備隊の隊長を務める人間です。警備隊は第一から第七まであると言っていました。僕が出会った第三警備隊は十人の規模でした。

——それは自警団のような存在ですか？

——自警団というより親衛隊という印象を受けました。

——親衛隊ですか？

——そうです。彼らには尊師と崇める女性がいて、その警護に当たっているのが連中のようでしたから。

——尊師？

——その女性のことを観音様の生まれ変わりだと惚けたことを言っていました。

——なるほど。この短期間に新興宗教のようなものが生まれているのですね。

——ええ、東京ゲットーに置き去りにされた者は、特にニワカ連中は、縋るものがないと生きていけないのでしょう。ホムレよりメンタルが弱いんですね。

——ニワカ？　ホムレ？

——あ、これは元々のホームレスが、コロナ禍で住居を失った連中のことを意味する言葉です。俄ホームレスという言葉の略です。ホムレはホームレスです。

——理解しました。続けます。彼らの暮らしぶりはどうでしたか？

——階級社会だと感じました。知己を得たホームレスから聞かされたことですが、息苦しいほどの階級社会で、上の者の言うことに下の人間は逆らえない。それがイヤでほとんどのホームレスは逃げ出したようです。彼らがなにより重視するのは自由ですから。

――お詳しいですね。

ヒヤリとした。僕はマンガ喫茶での居住者を自分を含め二名と申告している。ホムレと暮らしていることを本能的に隠してしまった。同列に見られたくないという心理が働いたのだ。

――ですから現在浅草寺で暮らす者たちのほとんどはニワカだと考えられます。

――なるほど。そこに新興宗教染みたものが発生し、階級社会ができているようだという理解で良いのですね。

――当たらずといえども遠からずだと思います。

――東京株への感染具合はどうでしたか？

――すみません。そこまでの調査はできませんでした。

――現政権に対する彼らの評価は？

――それも未だです。昨日の今日ですから、さすがにそこまでは。

――了解しました。またなにか新しいことが分かればお伝え下さい。

――ひとつ質問があります。

――どうぞ。

――なぜこのような調査をされているのでしょう。それから僕のようにそちらからの要請で動いている人間は何人くらいいるのでしょう。それと最後に、太陽光発電機と蓄電機とノートパソコンを用意して下さったのは、そちらの関係者の方ではないのでしょうか？

――結果として棄民したとはいえ、政府が国民の生活ぶりを知るのは当然のことです。あまり深くは考えないで下さい。それではまた。

デスクトップパソコンのモニターがビックリマークに変わった。

一方的に会話を打ち切られてしまった。

相手は僕の質問に答えていない。

僕のような協力者が何人いるのか。太陽光発電機などを用意したのは政府広報室の関係者ではないのか。そのことに回答することなく通信が切断されてしまった。

答えたくない理由があるのだろうか。それとも答えそびれてしまったのだろうか。

再度接続を試みた。しかし接続できなかった。震えるビックリマークを眺めながら、僕は考え込んだ。

(彼らの目的はなんなのだろう)

棄民者の生活ぶりを把握したいと言っていたが、それをそのまま素直に信じることができない僕がいた。それほど政府が優しいとは、あるいは責任感、使命感があるとは思えなかった。

(これはなにかの前兆ではないのか)

そう思えた。しかしなにの前兆なのか、僕の頭で考えることはできなかった。

吉兆なのか凶兆なのかも分からない。

2　関与

ヒカルがいきなり部屋を移ると言い出した。

「どうしてなんだよ。僕が前に部屋を替わるよと提案した時に、このままでいいと言ったのはヒカルじゃないか」

「考えが変わりました」

「どう変わったの？　僕が勝手に外出したから？　それを心配するヒカルを無視したから？」

「イサムさん変わりましたよね」

また少し話題がずれた気がする。

「僕は変わってないよ。どこが変わったって言うんだよ」

反論したが、もしヒカルがそう感じていることがあるとすれば、ヒカルにも明かせない秘密を抱えてしまったからだろう。ヒカルは見た目よりはるかに敏感な子なのかも知れない。しかしもしそうだとしても、政府広報室との関係をヒカルに打ち明けるわけにはいかない。それは僕にとって大切な、そして唯一の情報源なのだ。

「マモルと同じブースで暮らす気か」

「いまさらそんなことはできません。それに彼が横になっているのはひとり用のブースですから、二人で横になるのは狭過ぎます」

ヒカルが自分用の毛布を丸めて抱えた。

「キャリーバッグは後で取りに来ます」

言い置いてファミリールームを後にした。

(そのうちヒカルも分かってくれるだろう)

自分を慰める言葉を胸の中で呟いた。

自分の場所に横になって目を閉じた。浅草寺潜入の疲れがドッと出た。ウトウトしているとヒカルがキャリーバッグを取りに来たが、僕はそのまま狸寝入りを決め込んだ。

令和六年二月一日。

僕は満を持して浅草寺の雷門をくぐった。

その前日に電力を始めとするライフラインが途絶した。

予めそれを知り、用意していたマンガ喫茶のホムレチームには大した混乱もなかったが、浅草寺コロニーでは大パニックに陥ったに違いない。

「いい加減なことぬかすなッ」と、僕を一喝したトドロキの仰天した顔が浮かぶようだ。

雷門に足を踏み入れる前に呼び止められた。

「もしやイサム様ではございませんか？」

僕を呼び止めた男は警備隊の格好をした少年だった。トドロキと同じような黒のウレタンマスクをしている。やっと高校を出たくらいの歳かとあたりをつけた。

「様と呼ばれたことはないけど、僕がイサムだよ」

「第三を中心とした警備隊が先生を探して道具屋筋を虱潰《しらみ》しにしています。僕が所属する第一警備隊の隊長ほか九人は伝法院通りを固めています」

零れそうになる笑いを止めるのに必死だった。

「昨日はかなり混乱したんだろうね」

それを言う言葉が躍ってしまうのも仕方のないことだ。

「ええ、いきなり電気が止まったので大混乱でした」

「水道も止まっただろう」

「そうですね。止まりました。でも、浅草寺には藤棚横に井戸がありますから、それで飲み水くらいは確保できます」

そりゃ残念、と思わず言い掛けて口を噤んだ。

少年に従って伝法院通りの入口に至った。

長身の青年が僕の姿を認めるなり、弾かれたように駆け寄ってきた。やはり墨染の袈裟に高下駄で黒のウレタンマスクをしている。

「イサム大先生です」

僕を見付けた手柄を申告するように少年が紹介してくれた。

「第一警備隊のイッペイ隊長です」

続けて少年が紹介してくれる。

「イッペイです」

紹介された青年が肘を軽く突き出した。

一瞬躊躇したが、コロナ禍における握手の代用だと理解し僕も肘を突き出し肘と肘を合わせた。空気感染なのだから、こんなことに拘《こだわ》っても意味はないのだがと小さくため息を吐いた。

「オマエは伝令で走れ。尊師様に予言者様がお越しになったと告げろ」

イッペイが命令して少年が脱兎のように走り出す。

「あのう、予言者って僕のことですか？」

「そうです。第三のトドロキから報告を受けております。先生は停電のことを先週の段階で予言されておられたそうですね」

「……予言ではなく独自のルートで情報を得ていたのですが」

少々迷って相手の言葉を修正した。

この集団に予言者として迎えられることは、それなりのメリットがあるに違いない。しかし僕の直感は、それがかなり面倒臭いことになるだろうと感じている。予言者ともなれば尊師として崇められる女性の次に位置付けられる存在になるだろう。

ここは二択だ。

情報通を名乗り後で予言者でしたと訂正するか、予言者を名乗り後で実は情報通でしたと訂正するのか。前者は「やっぱり」という理解で受け入れられるだろう。後者は「なんだよ」というガッカリを生むだけだ。

それだけの複雑な二択を瞬時にできた自分を誉めてやりたい。

どちらにしても、この日を選んで浅草寺を再訪した僕の判断は間違っていなかったようだ。僕はイッペイに案内され、胸を張って宝蔵門を通り、浅草寺本堂の階段を厳かに上がった。

途中仲見世通りの左側に浅草寺幼稚園があった。

開け放たれた扉から中の様子が窺えた。かなりの人数の人が布団に包まり横になっていた。

「あれは?」

イッペイに質問した。

「発熱した連中です。毎朝検温を行って、体温が七度五分を超えた者を隔離しています」

「コロナに感染した人たち?」

「いえ、検査のしようがないのでそれは分かりません。簡易抗原検査キットはありますが、どうやら正確ではないようですので、体温基準だけで隔離しています。ここで蔓延でもしたら厄介ですからね」

「誰が世話をしているの?」

「そんな人間はいません。連中には非接触タイプの体温計をいくつか渡してあって、体温が基準以下に下がったら、自己申告で建物を出て、再度警備隊員立ち会いの下で検温し、平熱に戻っていたら復帰できます」

「食事とかは？」

「隔離する前に煎餅《せんべい》の袋を渡しています。それだけです」

「ずいぶんひどい扱いなんだね」

「このコロニーを守るためには仕方のない措置です。コロナであるかどうかは別にして、日ごろの体調管理ができていないから発熱するんです。自己責任ですよ」

（ここでも自己責任なのかよ）

呆れたが彼らを非難する気にはなれなかった。自己責任論もあながち間違ってはいないと僕は思い始めている。だれも助けてくれない。自助しかない世界に僕たちは生きているのだ。自己責任上等ではないか。

ホムレの連中は共助で生きているが、それは連中が最々々下層の人間だから群れているだけだ。群れることでしか生きていけない。そして炊き出しとかの公助に頼るしかない生活を営んできた。その結果、ホムレの境遇に陥っているのだ。

（それに助けられて……）

考えまいと思うのに、僕の思考はマモルへと転がってしまう。

忌々しさに僕は舌打ちをする。

本堂の階段を上った。その階段を上るのが初めてだったわけではない。賽銭箱の前まで足を運んだことは何度かある。でもその日僕は賽銭箱のさらに奥まで通された。もちろん土足ではない。スニーカーを脱いで上がった。

キンキラキンの部屋に通された。純金色に輝く部屋だった。

部屋の中には女がひとり、革張りのピンクのソファーに深々と腰を沈めている。着ているのもピンクの毛皮のロングコートだ。当然のようにウレタンマスクもピンクだ。そのどれも純金色の部屋には不似合いに思えるが、それが尊師と呼ばれる女なのだろう。

元女子プロレスラーで引退後にはアイドルをしていたというだけあって、整った顔立ちとスラリとしたスタイルをしている。高く組んだ足は儚いほどに細く、歳のころなら三十半ばくらいだろうか。幸薄そうな顔立ちといい、貧乳を思わせるスタイルといい、ドンピシャで僕の好みの女ではないか。

「御宮殿でございます」

僕を案内してくれたイッペイが部屋の前で説明してくれた。

どうやらそれが部屋の名前らしい。

「どうぞお入り下さい」

イッペイに勧められた。

イッペイも、この御宮殿とやらに入ることを許されていないようだ。

「オン・アロリキャ・ソワカ」

両手を合わせたイッペイが、意味の分からない呪文を唱えて深々と頭《こうべ》を垂れた。

「オン・アロリキャ・ソワカ」

部屋の奥のソファーに座る女も片手を顔の前に立て同じ呪文を唱えた。

「どうぞお座り下さい」

部屋に入ると女に座布団を勧められた。

金糸銀糸の分厚い座布団だ。それに僕は尻を落とした。正座しようとしたがバランスが悪いので胡坐《あぐら》を掻いた。

「タハラと申します」

組んだ足を解いて女が挨拶した。

「イサムです」

僕も両ヒザに腕を突いて会釈した。

「予言者様とうかがいましたが」

「いや、違うんですよね。どうも周りが勝手にそんな風に言っているみたいですけど、僕はそんなんじゃなくて、ネットで情報を集めるのに長《た》けているだけなんですよ」

「なあんだ。やっぱりそうなんだ」

いきなりタハラが砕けた口調で言って微笑んだ。

あまりの変わり様に僕はキョトンとしてしまった。そのフレンドリーな笑顔に尊師様と崇められる威厳など欠片《かけら》もなかった。

「アタシもそうなんだよね。勢いで尊師なんかにさせられちゃって迷惑してんだよ」

タハラがその経緯を説明してくれた。

当初浅草寺ではレイプ紛いの乱交が横行したらしい。タハラも危うく被害者になるところだった。しかし引退しているとはいえ元プロレスラーだ。群がり寄る男どもを片っ端から投げ飛ばし、蹴り飛ばし、殴り倒して難を逃れた。

警戒してタハラを遠巻きにする男どもを一喝した。

「ここは観音様のおわす場所だよ。そんなところで罰当たりなことをするんじゃないよ」

その時に、男に襲われ床に斃れていた女のひとりがタハラに縋り付き、「観音様、お助け下さい」と哀願したそうだ。それに続いて何人もの女がタハラを囲み、正座して拝みながら「観音様、お助け下さい」と連呼したと言う。

「で、知らないうちに観音様の生まれ変わりみたいになっちゃってさ。でもいくらなんでもそれは厚かましいので、尊師って呼ばれることにしたの。自分で考えたんじゃないよ。被害にあった女の子たちに、名乗ってくれって泣いて頼まれたら仕方ないじゃん」

そう言ってタハラはクッ、クッ、クッと喉を鳴らして自嘲した。

「ところでさ、アンタ、イサムくんだったっけ、イサムくんはネットで情報を得ているって言っていたけど、電気が切れたらそれも終りっていうことなの？　ウチの連中も最初はネットとかで情報拾っていたみたいだけどさ、政府が救出を三年後って発表したじゃん。あれ以来、すっかりやる気をなくしてさ」

「いや、電力が途絶することは事前に知っていたんで、太陽光発電機とか蓄電機を用意していたから、その点は大丈夫だけど」

「さっすがぁ。やることが違うね。ウチのボンクラたちに見習って欲しいよ」

確かにボンクラだと納得した。ちゃんと情報さえ得ていれば、コロナ禍にあってウレタンマスクを選択はしないだろう。

「それじゃぁさぁ、これからも情報は得られるんだね」

「うん、いちおうね」

「どんなところを調べているの？」

いつの間にかタハラはソファーを降りて僕の目の前でM字開脚座りをしている。ピンクの毛皮の下はレスリングウエアなのだろうか。ハイレグの股間だ。僕は目のやり場に困ってしまう。

「いろいろだよ。でも調べるだけじゃダメだね。調べたものを分析して、そこから結論を得るという作業ができなくちゃ意味ないよ」

政府広報室と繋がっているということを伏せてハッタリをかました。僕にそんな分析能力などあるはずがない。

「やっぱ予言者じゃん。他の人にはできないことなんでしょ」

「まあ、普通の人にできることではないだろうね」

気分を良くして胸を張った。

「ねぇ、イサム。ここでアタシと一緒に住まない？」

「えッ」

いきなりの申し出に戸惑ってしまった。

「ウチの頭スッカラカンの連中にアンタのパソコンとか、発電機だっけ？　重たいものは運ばせるから、ここで住もうよ」

グイグイとタハラが推してくる。

「でもプロバイダーとかの問題もあるし……」

本当はないのだが。このタイミングで僕は政府広報室と繋がりがあってそれを割り当てられていることを明かすのは早いと感じた。そんなことより一緒に住もうと言うタハラの申し出に頭がグルグル混乱していた。

「アタシね、女子プロ辞めた後にアイドルやっていたってことになっているけど、それはまったくの嘘でもないんだけど、実はね」

タハラの瞳に影が射した。切なそうな顔をして話を続けた。

「名前ばかりのアイドルなの。テレビに出してもらったことも何度かあるけど、深夜番組の、その他大勢の賑やかしでね。それだけじゃない。プロダクションが仕事もらうために、枕営業までさせられちゃってさ。相手はテレビ局のプロデューサーとか、スポンサーの偉いさんとかで、ジジイばっかりだった。イサムは私の好みじゃないけど、あいつらよりはマシだよ。週に一度くらいはやらせてやるからさ、いっしょに住もうよ」

頭の中がグルグルした。混乱して余計なことをつい口にしてしまった。

「で、でも、僕……童貞だから……」

「なにそれ、笑えるじゃん」

言っただけでなくタハラはケラケラと声に出して笑った。

「だったらアタシが筆下ろししてやるよ。それなりにテクはあるつもりだからさ、バッチリいかせてやる。ただしスキンは必着だよ」

タハラが嬉しそうに抱き付いてくる。想像したとおりの貧乳に僕の股間は硬くなる。

「ちょっと待ってくれないか」

タハラを押し離してなんとか態勢を整えようとした。

「ここでは感染者が出ていないの？」

僕の質問にタハラの瞳がまた暗くなる。

「出ていないことはないけど……」

歯切れが悪い。

「今までに何人くらい出ているの？」

「最初からだと二百人は下らないかな」

「そんなにッ」

「最近ではだいぶん減ってきているよ。でも、最初の方はバタバタ死んだね」

「対策はしているの？」

「うん、毎朝検温したりしている。七度五分以上熱が出た人間は別の場所に隔離したりとかさ」

　それはさっきイッペイに聞かされたことだ。

「お医者さんとか、看護師さんは？　医療器具は無いよね？」

「そんなの居るはずないし、有るはずないでしょ。でもさ、新型コロナが流行り始めた時に、政府の偉い先生が言っていたじゃん。熱が出たら自宅で四日間横になってろって」

　その結果、自宅で何千人単位で死亡したことを知らないのか。

「死んだ人はどうしたの？」

「最初は隅田川に流していたよ。水葬だね」

「最初は？」

「最近ではそれも面倒になって……先月から火葬みたいなことをしている」

「みたいなこと？」

タハラの歯切れが悪い。どうやら言いたくないことがあるようだ。

「でも火葬の方が水葬よりも面倒じゃない？　薪《まき》とかもいるでしょ」

「薪はないけど炭ならあるし……」

「炭？」

その言葉を咀嚼しながら僕の頭の中で連鎖するものがあった。

僕が差し出したアンパンを貪り食って「肉はないのか」と言った老婆が浮かんだ。あの時辺りには焦げ臭い臭いが漂っていた。老婆の言葉でそれがバーベキューの匂いだと僕は察した。

他にもある。最初に僕を問い詰めた第三警備隊隊長のトドロキの言葉だ。

「今日が肉の日でなく命拾いしたな」とアイツは言ったのだ。

「炭を使う火葬って、もしかしてバーベキューなの？」

タハラが首を竦めた。それは僕の質問を認めた態度に思えた。

「でも、人ひとりをバーベキューにするためには、そのままじゃ無理だよね」

さらに問い詰めた。

「解体しなくちゃいけないでしょ」

タハラは困り顔で答えようとはしない。

「肉の日にそれをやっているの？」

カマをかけた。

「仕方がないじゃん。ここは若い人間が多いんだからさ。肉を欲しがる人間も必然的に多くなるんだよ。仕方がないでしょ」

「キミも食べたの？」

「食べてねえよ。そんなもん食えるかよ。見るのもイヤだよ」

「イヤなら禁止すればいいじゃん。尊師の命令ならみんな従うでしょ？」

「簡単に言うなよ。アタシは祀り上げられているだけなんだって。本気でアタシのことを観音様の生まれ変わりって信じている奴なんて、ごく一握りだよ」

「でもみんなは……」

「便利だからなんだよ。アタシを祀り上げておけば、いちおうの治安は保てるからね。本当の意味で実権を握っているのは、さっきの第一警備隊のイッペイなんだ。アイツが決めたことにアタシは逆らえない。承認するだけなんだ。いくらアタシが元女子プロレスラーだといっても、大勢の男に束になって掛かられたら敵《かな》うわけないじゃん。セックスはしてもいい。ただ輪姦とか強姦は認めない。それをイッペイが納得したから尊師の役割を承諾したんだ」

一気に吐き出してタハラが目に涙を浮かべた。その涙を乱暴に拭って話を続けた。

「病死した死人だけじゃないよ。死人を焼く臭いに釣られてフラフラ迷い込んだ浮浪者とかも殺されたよ。そのままバーベキューにされた」

「もういいよ。無理をするなよ」

苦しそうに喋るタハラを宥めた。でもタハラは話を止めようとはしない。

「アタシが尊師に祀り上げられる切っ掛けになった乱交も収まっているわけじゃない。この本堂の下には広大な畳敷きの部屋があるんだ」

それはホムレのリーダーから聞かされたことがある。

「そこで毎晩のように乱交パーティーが行われているんだ。最初のときのように輪姦ではないけどね。それに参加できる男は警備隊の男に限られる。女も素直に犯されているよ。抵抗したり、男に抱かれなくなったりした女は、地下から追い出される。食事も最低限しか与えられなくなる。暖かい布団で眠ることもできなくなる。そりゃぁ喜んで犯されるさ。唯一の救いといえば、男たちがスキンの着用を心掛けていることくらいだね。こんなところで腹が大きくなっても、産婦人科医も居ない、助産師も居ない、出産は命懸けになるじゃない」

泣き崩れたタハラの肩を抱いてやった。股間はとっくに萎《な》えていた。肩を抱いて慰めることしか僕にはできなかった。

3　報告

——報告します。

政府広報室にメッセージを送った。

——浅草寺のコロニーの実態が判明しました。

——ご苦労様です。詳しくお聞かせ下さい。

——先ず浅草寺のコロニーのコロナ感染者についてご報告します。

相手からのメッセージは返って来ない。僕のメッセージを待っているようだ。

——最近は低減しているようです。初期には二百人ほどの死者が出たようですが。

——今は三百人程度が暮らしていると先の報告にありましたが。

——それがなにか？

——こちらが上空から確認したところでは、もう少し少ないように思えます。

——どうやって確認したのでしょう？

——赤外線カメラで確認しました。生物反応が得られたのは二百人程度でした。

——若い女性がいなかったのでは？

——赤外線カメラで性別とか年齢は確認できません。

——若い女性は本堂の地下に監禁されています。

——了解です。続けて下さい。

僕は怒りを籠めてタハラから教えられた事柄を洗《あら》い浚《ざら》い報告した。こんなことになったのも政府が棄民したからだとはらわたが煮えくり返るようだった。

——なかなか深刻な事態に陥っているようですね。

——深刻？　なにを他人事のように言っているんだよ。ぜんぶオマエらのせいじゃないか。オマエらに見棄てられたせいでこうなったんだろ。

——東京株は収束を見せつつあります。

僕の抗議を無視してメッセージが画面に浮き出た。

——後一、二ヵ月で収束の目処が立つと考えられます。

——三年と言っていたのに？

どうもチャット形式の遣り取りは、怒鳴り合いの喧嘩には向かないようだ。

——有効な薬も見つかりました。

――見つかった？　開発されたのではなく？

――以前からあったものを改良したというのが正確なところです。

そんなモノができたのかと光明を見たように思えた。

――それを浅草寺の集団にも配布します。

（人体実験をしろということなのか？）

迂闊には返事できないと考えた。

――もちろんあなたとあなたのお仲間にも薬をご用意致します。

――それは効果が認められている薬なんですか？　安全性も？

――もちろんです。私たちを信じて下さい。こちらの世界では多くの方々が服用し、その方々は日常を取り戻しつつあります。まだ全員に行き渡っているわけではありませんが、東京エリアの方々を優先したいのです。

――どうして僕らを優先するんでしょ？

――こちらの世界ではほぼ全員が三回目、四回目のワクチン接種を終えています。三回目どころか二回目、もしかして一回目のワクチン接種も終えていない東京エリアの方々への投薬を優先したいと私たちが考えるのは当然のことです。

――もう一度確認させて下さい。効果が認められているんですね？　安全性にも問題はないんですね？

意味のない質問にも思えたが、それを確かめずにはいられなかった。

――こちらでも何らかの理由でワクチン接種を受けられなかった方、あるいは基礎疾患があり重症化の可能性がある方を優先して投薬しました。ご存じかも知れませんが、ワクチンには重症化を防ぐ効果はあっても感染を防ぐ効果はありません。

（認めた！）

そのことに僕は驚きを覚えた。

僕の記憶では、政府はあたかもワクチンが、感染予防に効果があるようなプロパガンダをしていたはずだ。その政府関係者が、ワクチンには感染予防効果がないと認めたのだ。その一言で相手の言葉を信じる気持ちが湧いた。

――どうやって届けられるのでしょうか？

――近日中に必要分を浅草寺境内にパラシュート投下します。

――具体的なスケジュールは？

――他にも投下候補地がありますので、それは追っての連絡になります。

翌日、メッセージの内容を伝えるために浅草寺に向かうことにした。

「またお出掛けですか？」

ヒカルに声を掛けられた。

「ああ、気になる情報が入ったので浅草寺の連中に相談しようと思ってね」

「私たちには相談して下さらないんですね」

「そういうわけじゃないけど……」

「みなさんイサムさんのことを疑っています」

「どうして僕が疑われなくちゃならないんだよ」

「昨日だって帰るのが遅かったし、帰ってもなにも食べないし」

昨日は遅くまでタハラと一緒にいた。食事も一緒に食べた。炊き立てのご飯にナスビの味噌汁とスルメの煮付の夕食だった。炊き立てのご飯というのがありがたかった。僕はマンガみたいに山盛りにされたそれを三杯もお代わりして、それをタハラが喜んでくれた。

そのまま泊まるようタハラに引き留められたが、ヒカルたちのことが心配だったし、それよりなにより政府広報室に報告したかったので戻って来たのだ。

疑っているという物言いが癇《かん》に障った。

僕はみんなのためを思い、政府広報室との連絡を密にしているのだ。僕がなにをやっているのか知らないクセに疑っているというのは言い掛かりだろう。

「もうすぐみんなは助かるかも知れないんだ」

「えッ？」

「詳しくは説明できないが、僕の情報ルートでは助かるかも知れない」

政府広報室の言い分を鵜呑みにしているわけではないが、行き掛かり上、それを伝えずにはいられなかった。

「どうして詳しく説明してくれないんですか？」

「だから、それは極秘事項なんだよ」

「あの人たちみたいですね」

ヒカルがまた訳の分からないことを言う。

「あの人たちって誰だよ」

「私は選挙を棄権したことがありません。仕事がある時は期日前投票をしていました」

いったいヒカルはなにを言いたいのだろう。

「イサムさんはどうですか？」

訊かれて言葉に詰まってしまった。僕は一度も選挙に行ったことはない。僕の一票だけで政治が変わるとも思えず、いつも棄権してきた。

「私は今の政府を信用していません」

僕の返事を待たずにヒカルが言う。

「だから政治を変えるために、友達とか知り合いに声を掛けて選挙に行っていました」

「でも、与党は過半数を確保したよね」

薄ら笑いを浮かべて言ってやった。

「イサムさんはあの人たちみたいですね」

ヒカルが同じ言葉を繰り返した。

「あの人たちって誰だよ？」

同じ問いを僕は返した。

「もういいです。私はみなさんの着替えのお洗濯があるので勝手に出掛けて下さい。以前みたいに二人ではなくひとりの作業になりましたから」

それが僕の責任だと言わんばかりの口調だ。

「おい、ちょっと待てよ」

呼び止めたがそれを無視してヒカルがシャワールームへと背を向けた。

「今夜はみんなを喜ばせるビッグニュースがあるんだ。あとでそれを説明するけど、ヒカルだって驚いて僕に絶対感謝するから」

遠ざかる小さな背中に向かって言った。

ヒカルの言うみなさんとはマンガ喫茶に居座ったホムレ連中のことだ。連中は今朝も早くから物資の調達に出払っている。自分たちで打ち壊しをする度胸がないので、浅草寺のニワカ部隊の後に従いそのおこぼれを漁る連中だ。

鞄の中身を確認した。

以前レジ袋の有料化に伴って一時的にコンビニで無料配布されたエコバッグだ。エコバッグには、浅草寺に巣くうニワカに配付する資料が入っている。前にホムレの連中に説明会をしたさいの資料とほぼ同じ資料だが相手は七十人いる。必然的に資料の枚数は多くなる。前日、タハラに説明会のため警備隊の連中に待機しておくよう伝言していた。

その資料を作成するため、僕は前の晩、ホムレの連中が寝静まるのを待って、遅くまで作業したのだ。

(今朝、ニワカは出動しないかも知れないな)

いまさらそれに思い当たりホムレの連中が無駄足を踏むかも知れないと考えた。

(ニワカのおこぼれを漁る連中だからそうなるんだ)

僕が責任を感じる必要はないと割り切った。

（しょせんは生活力に欠ける連中だったんだ。自己責任だろう）

以前リーダーは、警察のお世話になりたくないので打ち壊しはしたくないと言っていた。あの時は、なんとなくそれに納得したが、今はそれに同意することができない。自己都合の言い訳にしか思えない。

遺棄された東京ゲットーで警察を恐れるなど無意味だろう。どうして自分たちで動いて必要な物資を調達しようとしないのだ。浅草寺地下で行われている乱交パーティーにせよ、人肉バーベキューにせよ、ニワカたちの正邪を問うのはナンセンスだろう。むしろホムレの連中のほうが非力に思える。

（物資調達が空振りに終わっても自己責任だ）

胸のうちで吐き捨ててマンガ喫茶を後にした。

4　予言者

雷門で昨日と同じ少年が僕を待っていた。

「みんなが本堂地下で先生のお越しをお待ちです」

少年に案内されて仲見世通りを本堂へと向かった。

仲見世通りの両側に点々とニワカの連中が膝を抱えてうずくまっている。

若いニワカは居ない。だいたいが高齢者、あるいは若くても中年過ぎの男女だ。

(やはり今日は食糧調達には出なかったのか)

リーダーを始めとするホムレの連中はさぞかし戸惑っているだろうな。

(なんとかするだろう。もともとがホームレスだったんだからな)

自分に言い聞かせて少年の後に続いた。

仲見世通りにうずくまる中高年のニワカはざっと五十人ばかりか。少年に先導される僕を盗み見している連中の目に光はない。

(それでも連中よりはマシだ)

マンガ喫茶で同居するホムレを思い出す。打ち消すように首を振って想いを断ち切る。

本堂地下に案内された。

「ご苦労様です」

第一警備隊隊長のイッペイが出迎えてくれた。

その背後には百五十人近いニワカの男女が立ったまま控えている。みんな若い。イッペイに寄り添うようにタハラも立って出迎えてくれた。

「皆さんに座っていただいて下さい」

僕が言うとイッペイが全員を座らせた。

懐かしいようにも感じられる香りが大広間一面に漂っている。

トイレの芳香剤のような香り――

その香りに臭いも混ざる。

(あの臭いだ)

僕は思い当たった。

懐かしいと素直に思えなかったのは、それが精液の臭いだったからだ。自慰の後で手を嗅ぐと臭う。あの臭いと同じ臭いだ。

(昨夜もパーティーをやったのか?)

納得して僕は彼らの前に立った。

「本日お集り頂いたのは重要なお報せがあるからです」

僕の言葉が地下の大広間に響き渡る。

「外の世界では東京株が収束し始めています」

僕の言葉に一同が騒《ざわ》めく。

「静かにしないか」

イッペイが一喝し再びの沈黙が訪れる。

僕は全体を見渡し次の言葉を発する。

「外の世界の東京株を収束させたのは新たに開発された特効薬です。その特効薬がみなさんにも配布されます」

前以上に大広間が騒めく。

「どうやって配布されるんですか？」

騒めきに負けない声で質問したのは第三警備隊のトドロキ隊長だった。

大広間全体に息を呑む気配がする。

「未だはっきりとした期日は申し上げられませんが、近々ヘリコプターで運ばれ浅草寺境内にパラシュートで投下されます」

再び地下の大広間が騒めいた。

先程までのさざ波のような騒めきではない。そこかしこで歓喜の声が上がり、大広間全体が揺れるような騒めきだった。とくに女性ニワカの反応が凄かった。中には抱き合って号泣している者までいる。

「……予言者様」

女性の呟きが聞こえた。その声は次々に伝染し、やがては大広間全体に広がった。全員が——その大半は女性だったが——僕を予言者として称えてくれている。そのことに躊躇しながらも僕は気持ち良かった。政府広報室と繋がる僕は神の座に近い者として崇めたてられているのだ。

（そういうものかも知れない）

僕は納得した。

上級国民、ましてやそれが権力と繋がる者は神の座に近いほどの尊敬を浴びるのだ。

初めて味わう快感に僕は全身を浸していたかった。

「未だ僕の話は終っていません」

指を開いた両手を前に突き出して大きな声でニワカの人たちに語り掛けた。

一瞬で騒めきが収まった。

そのことにも痺れるような快感を覚えた。

「せっかく救いの道が拓けたのですから、ここで東京株に感染するようなことがあってはなりません」

救いの道を拓いたのは僕自身なのだ。

（この人たち全員を救済しなくてはならない）

そんな使命感に駆られ僕はエコバッグから用意した資料の束を取り出した。

「みなさんが救われるまで、どう暮らせばいいのか、その参考資料を持ってまいりました」

最前列で胡坐を組むイッペイに束ごと渡した。

「これをみなさんに配って下さい。足りないかも知れないので、何人かでひとつの資料を共有した方がいいかも知れません」

イッペイから他の警備隊の隊長に資料が配られ、それを隊長らが広間のニワカに配った。

「行き渡ったようですね」

説明を始めた。

「まずはマスクに関して――」

資料ではウレタンマスクと不織布マスクの性能の違いを図解している。それはホムレの説明会で使った資料をコピーしたものだ。

浅草寺周辺でいえば浅草橋から上野まで、そして墨田区、江東区まで、マンガ喫茶のホムレ集団が不織布マスクを根こそぎにしているはずだが、ホムレ連中は打ち壊しをしてまで掻き集めているのではない。打ち壊してでも手に入れようとすれば、まだまだ数は集まるはずだ。

次に点鼻薬の説明もした。

これも同じくニワカの覚悟をもってすれば収集も不可能ではないだろう。

僕の説明が終り、イッペイ隊長が警備隊の隊員に不織布マスクと点鼻薬の収集を指
示し僕の説明会は終った。

「これから回収の段取りについて協議します。それが終るまで、先生はどこかで待機
していて下さいませんか。お食事の用意もさせますので」

イッペイ隊長が言い、尊師のタハラが引き継いだ。

「だったら私の部屋でお待ちになればいいでしょ」

御宮殿に案内された。

そのままかなりの時間待たされた。

「お待たせいたしました」

二人の女性を伴ってタハラが現れたときには外が薄暗くなり始めていた。

タハラが伴った二人の女性は食事の盆を捧げ持っていた。

「さ、食べましょう。お腹が空いたでしょ。お楽しみは食事の後でね」

食事が僕の前に並べられた。前日と同様に炊き立てのご飯に里芋の煮付け、出汁巻き卵にほうれん草の味噌汁が添えられていた。

「電気もガスも止まっているのに、どこでこれを調理しているの?」

「バーベキューだよ。飯ごうだからご飯にオコゲが混じるけど、それはそれで美味しいんじゃないかな」

「バーベキューといえば、気になったんだけど、内臓とかも食べたの? コロナに感染していた人たちなんでしょ」

あえて人肉バーベキューという言葉は避けた。

タハラにとってもその話題はできれば避けたいだろう。

「死体から腕と脚だけを切り離してバーベキューにしたの。胴体とか頭はそれまでと同じように隅田川に流したわ」

タハラの声がまた沈鬱になる。うっすらと涙さえ浮かべている。

「そんなことより、食後のお楽しみがあるんだよ。早く食べなさいよ」

タハラに促されて箸を取った。

「お楽しみって?」

二人の女性が部屋を出たので、味噌汁を啜《すす》りながらタハラに尋ねた。

「決まってるじゃん。あれしかないでしょ。もしイサムが希望するんだったら、さっきの二人も合わせて、四人で楽しんでもいいって、隊長のイッペイが言っていたけど、どうする？」

僕の目を覗き込んでタハラが言った。

「今のアンタだったら、他にも喜んでお相手してくれる女もいるけど」

「いや、それは……」

僕は味噌汁にむせてしまった。

むせながら食事を配膳してくれた二人を思い浮かべた。ひとりは完全に僕のストライクゾーンだった。もうひとりも悪くはなかった。

「童貞がなにを本気にしてんのよ」

タハラが可笑《おか》しそうに笑った。

「でもアンタはともかくイッペイは本気だったよ。アンタが時間を忘れるほど女を抱かせろって言っていたわ」

タハラが声を潜めた。

「アタシがアンタの相手をするのは決まっているから心配しないでね。誰もこの部屋には入って来ないから」

「でもそれは……」

タハラも僕の好みだ。

喉がカラカラになってお茶に口をつけた。

「だからさー、本気にするんじゃないよ。もちろんアンタが望むならしてあげないことはないよ。でも、とりあえず温かいうちに食べなよ」

タハラに急き立てられてご飯を掻き込んだ。

時々喉に詰まらせながら急いでご飯を済ませた。

「それじゃ始めようか」

タハラが僕に擦り寄って来る。

長くて細い脚を開き僕の太腿に乗り掛かって抱き付いてくる。

「あぁ、気持ちいい。堪らないわ」

大袈裟な喘ぎ声を上げる。

(え、僕なにもしていないんですけど……)

戸惑う僕の耳に息を吹きかける。堪らないのは僕の方だ。

とりあえずタハラの背中に腕を回して強く抱き締めた。当然僕の股間は硬くなっている。カチンカチンだ。

(アンタ殺されるよ。チンコ大きくしている場合じゃないでしょ)

タハラが僕の耳元で囁いた。

「え、なにそれ?」

(シッ、大きな声出すんじゃないよ)

タハラが囁き、再度大きな声で喘ぐ。

「あぁぁ、そこよ、そこ」

(どうしたっていうんだよ?)

僕もタハラの耳に囁き掛ける。

(連中、アンタを殺す相談していたの。大丈夫だとは思うけど、部屋の外で聞き耳立てているかも知れないじゃん)

(どうして僕が殺されなくちゃいけないんだよ?)

(アンタがアタシらの秘密を知っているからでしょ)

タハラがまた喘ぎ声を上げる。そして囁く。

囁き声で語られるタハラの話を聞くうちに、僕の股間はすっかり大人しくなってしまった。

タハラが喘ぎ声を挟みながら語ったところによると、イッペイら若いニワカは悪事の発覚を恐れているらしい。
打ち壊しによる盗難などではない。
乱交もまぁまぁ許されるのではないかとイッペイらは考えている。
しかし人肉バーベキューは拙い。
（だからその秘密を知る僕の口を封じようというわけ？）
「アン、アン、そこ凄い感じる」
（そういうこと）
（でもその秘密を知っているのは僕だけじゃないよね）
「イク、イク、イッチャウ」
（秘密を知っていてバーベキューに参加していない人を全部殺すつもりなの？）
初めてきた時にアンパンをあげた老婆の顔が浮かんだ。
でも……
（タハラもその条件に当て嵌まるんじゃないの？）
（アンタもしているふりしなさいよ）
「ウッ、出るぞ。出るぞ」
（下手くそ）

そんなことを言われてもリアルの経験がない僕には分からない。

「ダメッ。中はダメ。外に出して」

(アタシは大丈夫なの)

タハラは導師を名乗り女性らに強いられた乱交を見逃した。タハラ自身は乱交から逃れた。その身勝手さを隠蔽したいだろうから大丈夫と奴らは考えたらしい。

「ガハッ。もうダメだ。イクゾ、イクゾ」

(ほんとに下手ね)

「アァ、中はダメ。外よ。外に出して」

(オマエも下手じゃないか)

(アンタに合わしているのよ)

僕らの疑似性交が終った。

タハラはワザとらしく荒い息をしている。

(で、僕は今夜殺されるの?)

なんか突拍子もないことに思えて実感が湧かない。

(念のためにまだ生かしておくって)

(念のため?)

タハラが僕の太腿から降りた。

（薬の投下がいつなのか、みんな気になっているのね）

そうか。そういうことなのか。

それに彼らには不織布マスクや点鼻薬を集める人手も必要だろう。

「前の電力打ち切りの時に、ずいぶんアンタを探したみたいだけど、合羽橋のどのへんなの？」

言いながらタハラが僕にメモ用紙とサインペンを差し出す。そのメモ用紙には『本当の居場所はここに書いて』と書かれてある。

「それは言えないな。僕は会社の倉庫で暮らしているから」

言いながら『雷門前マンガ喫茶』と僕はメモに書き込んでタハラに返す。

「どうして言えないの？」

「機材とかいろいろあるからね。東京が捨てられてから物騒でしょ。僕の会社もだいぶん荒らされたからね」

「そう、それじゃ仕方がないわね」

タハラがメモ用紙を丸めてクリスタルの灰皿の上に載せる。

「アタシ煙草吸うけど、アンタは要らない？」

「僕は煙草を吸わないんだ」

「あら、それは健康的なことで」

タハラが煙草を取り出して百円ライターで火を点ける。そのついでに灰皿に畳まれたメモ用紙にも火を点ける。

「でも助かるわ。煙草が切れたらどうしようかって悩んでいたの。まだ二十カートンは残っているから救助の日までには十分よね」

その煙草もコンビニを襲って盗み取ったものだろう。

「それじゃ僕は帰るから」

「今度はいつ？」

「新しい情報が入ったらね」

「そうそれじゃ。気を付けてね」

煙草の先でタハラが灰皿で黒い灰になったメモ用紙を示した。その唇が『あ、と、で』と動いた。僕が自分の胸元を指さして首を傾げるとウインクして返した。

御宮殿を出ると廊下の先の暗闇に片膝を突く人影があった。

影が立ち上がり僕に話し掛けてきた。

「有意義に過ごせましたか」

イッペイだった。

「お陰様でね。終るのを待っていてくれたの？」

「大事な方ですからね。お送りしようと思いまして」

「他の人は？」

「私以外は不織布マスクと点鼻薬の調達に出ました」

合羽橋まで送るというイッペイの申し出を邪険に断った。

「ジャマなんだよね」

「ずいぶんな言われようですね」

「今夜中に薬剤のパラシュート投下のスケジュールも分かるかも知れない。ジャマをされたら教える気がなくなるかも知れない」

「意味が分からないんですけど」

「ここに来る気がなくなるかも知れないということだよ」

「でも投下されるのは浅草寺なんでしょ。ここに来なければイサムさんもクスリを手に入れることができないんじゃないですか？」

「バッカじゃない。薬が投下されるのはここだけじゃないよ。考えれば分かるでしょ。この近くで言えば、上野公園とか隅田公園にも投下されるんだ。僕はそこに避難している人にもこの情報を伝えなくちゃいけない。

「いい気になっているんじゃないよ」

吐き捨てるように言って浅草寺を後にした。

それでも念のため直接マンガ喫茶に向かわず言問橋まで歩いた。

橋の上には身を隠す場所もない。

尾行する人間がいたとしたら、これほど不都合な場所はないだろう。

そのまま隅田川の川べりを歩いて吾妻橋へと至った。吾妻橋を渡ればマンガ喫茶までは徒歩三分の距離だ。浅草寺から死角になる路地を通ってマンガ喫茶へと至った。

僕の帰りをヒカルが待ち構えていたように言った。

「イサムさんにお客様ですよ。お部屋にお通ししておきました」

ファミリールームに戻って驚いた。僕を訪ねて来たのはタハラだった。

「どうしたの？　ついさっきまで……」

上手く言葉が続かなかった。

「さっきの続きをしようかと思ってさ。今度は真似事じゃなくて本気でね」

「ここで？」

いくらなんでもそれは拙いだろう。

動揺しているとドアがノックされた。

「あ、はい。開いてますけど」

応えるとドアを開いたのはヒカルだった。

「みなさんお帰りになりましたけど」

目が据わっている。完全に誤解されている。

(無理もないか)

この寒空だというのにタハラはショッキングピンクのスカジャンに超ミニのデニムショートパンツだ。一段下がったブースの入口には厚底スニーカーが踵《かかと》を揃えて置いてある。それに合わせメイクも派手なギャルメイクだ。裸足《はだし》の足には真っ赤なペディキュアが塗られている。

「今夜説明会を開くっておっしゃっていましたよね。みなさんが驚くようなビッグニュースがあるって。私もイサムさんに感謝するようなニュースなんですよね」

ヒカルに言われて思い出した。

「ああ、そうだね」

「お忙しいようでしたら明日にしますか」

そう言ってヒカルが横目でタハラをチラ見する。

「いや、大事な話なんだ。オープンスペースに集まるようみんなに伝えて」

「みなさんもう待機されています」

ヒカルの声が冷たい。

「そ、そう。分かった。すぐに行くよ」

「資料とかは要らないんですか？　夜中にずいぶんコピーをされていましたけど」

（気付いていたのか）

「その分はいいんだ。あれは別のところで使ったコピーだから」

「かしこまりました」

ヒカルが他人行儀に頭を下げた。

「みなさん、お疲れです。お食事の前にイサムさんの話を聞きたいとおっしゃっています。早く聞かせてあげて下さいね」

「すぐに行くよ」

応えて立ち上がり掛けるとタハラも立ち上がろうとする。

「いや、キミはマズイんじゃないかな。部外者だし」

「大丈夫ですよ。浅草寺の尊師様なんですよね。タハラさんとかいわれる。そちらの方のことは、私からみなさんにお伝えしておきましたから」

「行くよ。行けばいいんだろ」

不貞腐《ふてくさ》れて僕は立ち上がった。

浅草寺の説明会の前に覚えたような高揚感は少しも湧いてこなかった。

その日二度目の説明会をした。

内容は浅草寺で話した内容と変わらない。

ただ浅草寺で話したほど、熱のこもった話しぶりにはならなかった。

みんなの反応も良くはない。

「ちゅうことは、東京がいずれは元に戻るということかいな」

みんなの後ろで腕組みをして聞いていたリーダーが唸るように言った。

(そうか。この連中は元のホムレに戻らなくちゃいけないんだ)

寒空に震えエサバで残飯を漁る生活が戻ってくるのだ。彼らにとって日常が戻るということはそういうことなんだ。

僕はホムレの連中の反応の悪さに納得した。

「それはどうかしら」

異論をはさんだのは、ヒカルとは反対側、オープンスペースの壁にもたれ、煙草を吸いながら僕の話を聞いていたタハラだった。

「アタシも今日、イサムの話を聞かされたんだよね。浅草寺の主だったメンバーといっしょにね。みんな喜び勇んでいたけどさ。女の子たちは、イサムのことを予言者様とか言って号泣する子もいたよ。でもアタシは素直に喜べなかった」

手にした灰皿で短くなった煙草を揉み消しながら言った。

「どうしてだよ。ここのホムレの連中が複雑な気持ちになるのは分かるけどさ、どうしてタハラが素直に喜べないんだよ。ニワカから這い上がれるじゃないか」

僕はムキになって反論した。

「私も素直には今の話を聞けませんでした」

ヒカルまで僕の話に異論を唱える。

「なんでぇ。ヒカルの彼氏さんもちゃんとした病院に入れるんだよ」

すがる気持ちで訴えた。情けない声になってしまった。

「けっきょくアンタもあの人らと同じなんだよ」

あの人らと同じ……

ヒカルに言われた言葉そのままに今度はタハラから言われてしまった。

「誰と同じなんだよ」

僕は声を荒げてしまった。

「分かんないかなぁ」

タハラが頭をポリポリ掻いた。

「マスコミが垂れ流しにする情報に躍らされている連中のことだよ」

「僕はテレビや新聞の情報を鵜呑みにはしない。僕の情報は……」

まさか政府広報室と繋がっているとは言えない。

「ネットでしょ」

タハラに鼻で嗤《わら》われた。

「それってサイアクのパターンじゃん。マスコミ以上の垂れ流し情報を自分のアタマで考えもせずに、なんか自分だけが知っているみたいに勘違いしちゃってさ、サイアクのサイアクじゃん。少しは自分のアタマで考えなよ」

「僕が繋がっているのは……」

こうなったら政府広報室のことを明かすしかない。

僕はお腹に気合を入れたが、それを打ち明けるのをヒカルがジャマした。

「私ももっと自分でちゃんと考えて欲しいです。日本が特効薬の開発に成功したと、どうして鵜呑みにできるんでしょ。ワクチンだって海外産だったじゃないですか」

「それは……」

反論できなかった。

僕だって鵜呑みにしたわけじゃない。

最初は疑う気持ちもあった。でもそれ以外にネットにアクセスする手段がない僕は相手のことを信用するしかなかったんだ。

（そう言われてみたら最初のころ、僕の質問を無視されたことがあったっけ）

僕のような協力者が何人いるのか。太陽光発電機などを用意したのは政府広報室の関係者ではないのか。その質問をスルーされてしまった。

思い出して僕はすこし不安になる。

（彼らに都合のいい情報しか与えられていないのではないか）

そんな不安だ。

「今度パラシュートで投下されるというクスリも、それが安全なクスリだと断言できますか？　ひょっとして人体実験をするために配られるんじゃないですか」

ヒカルの追及が止まらない。

「人体実験の治験にされるだけならまだマシだよ」

タハラがそれを追い駆ける。

「アタシはもっとヒサンなことも考えているね」

「もっとヒサンなことですか？」

「ああ、そうだよ」

僕を無視してヒカルとタハラが議論を始める。

「アタシたち浅草寺の住人は人としてやってはいけないことをやってしまった。それをどうして政府が知ったのか、アタシには想像もできないけどさ」

やってはいけないこととは人肉バーベキューのことだろう。

それを政府に教えたのは僕だ。

「もしいつか東京に日常が戻ったとして、そんなことをやったと世間に知られたら、非難されるのはやった連中ではなくて、やらざるを得ない状況に追い込んだ政府だろ。だからそいつらの口を封じるために、政府が今のうちに殺しておこうと決めたとしても不自然じゃないとアタシには思えるんだがね」

（なるほど）

頷く自分に僕は慌てた。

「もしかりにそうだとしてもだ」

このまま認めるわけにはいかない。認めたりしたら、浅草寺で予言者として崇められた僕の立場はどうなるのだ。

「毒かクスリかの二択じゃなくて、助かるか助からないかの二択で考えるべきだろう。クスリでなければ、どのみち僕らは死ぬしかないんだよ。いずれ食糧は枯渇《こかつ》する。そうなったら僕らを待っているのは、安らかな死じゃなくてさ、飢えか渇きか、病死か、そんな悲惨な末路が待っているだけなんだよ」

「ワイらは別にそれでもかまへんけどな」

のんびりした口調で割り込んできたのはリーダーだった。

「うるさいよ。ホムレは黙ってろよ。オマエらが口出しする場面じゃねえだろう」

吐き捨てた言葉にオープンスペースの空気がかたまってしまった。

「ひどい……」

ヒカルが呟くように言った。

「アンタそうとうのバカだね」

タハラが憐みを込めて言う。

「アンタだって、住所も職も持たない貧民だったんだろ。なにを勘違いして他人を見下すようなことが言えるんだよ」

「今の社会全体がそうなんです。自由に物事を発想できない。がんじがらめになっている不満を自分と同じような人間でストレス解消する。この人もそんな可哀想な人なんです」

僕を庇ってくれているのか、それとも憐んでいるのか、どちらとも判断しかねることをヒカルが言う。

「だよね。自由がないんだよ。だから他人の痛みを想像することができない。それで自分より上の人間の言うことは鵜呑みにして、下だと思える相手を見下すんだ。自分がいつ、その立場になるかも想像できないでさ」

タハラがますます調子に乗る。

「ワイらはそんなクスリ要らんけどな」

リーダーが言ってホムレの連中が一斉に頷いた。

「言ったね。本当にそれでいいんだね。僕はその特効薬がいつ投下されるかという情報を得ることができるんだよ。それを知りたくないって言うのかい」

「飲みもせんクスリの情報を貰《もろ》うてもしゃーないやんけ」

リーダーは薄ら笑いした。

「あっそ。だったら勝手にすればいい」

こんな奴らといくら話をしていても無駄だと僕は諦めた。時間の無駄になるだけだ。

「ヒカルッ」

声を張り上げ呼び掛けた。

「ここを出るぞ。用意しろ。まさかこんな連中と生死を共にしたいとは思わないだろ。浅草寺に行こう。あそこには、僕みたいに運が悪くて東京に取り残された人たちがたくさんいるんだ。みんな助け合って生きているんだ。マモルくんのためにもそれがいいよ。大丈夫、僕が口を利いてあげる。そしたら浅草寺の人たちも二人を邪険には扱わないからさ」

「私はここに残ります」

ヒカルが即答した。

ホムレの連中が僕とヒカルの顔を覗き見しながら「ウン、ウン」と頷いている。その表情には薄ら笑いさえ浮かべている。

「なにを言うんだよッ。クスリはどうするんだ。正確な情報が分からなければ手に入れそこなうかも知れないんだぞッ。冷静になれよ」

「私もクスリは要りません」

「バカなことを言うな。オマエは場の空気に流されているだけなんだ。向こうに行けば食糧にも不自由しないし、たくさんの仲間がいるんだ」

「ここにいる人たちが私の仲間です」

ヒカルの言葉にホムレの連中の顔が輝く。

「そうだよ、ヒーちゃんはウチらの仲間だよ」

ホムレのひとりが嬉しそうに顔をほころばせる。

「オレもここに残りたいです。ここの人たちを心から仲間だと思えます」

聞き慣れない声に目を向けると、いつの間にフラットシートから出て来たのか、オープンスペースの壁に手を預けたマモルがいた。まだ足腰がしっかりしていないようだが、最初ここに来た時とは別人のようだ。

弱々しいが生気を感じる。ゲッソリとしているがポニーテールに纏《まと》めた長髪がミュージシャンを思わせそれなりに格好いい。ヒカルの助けを借りてシャワーも使ったのだろう。こざっぱりしていて僕なんかとは比べ物にならない。

僕はいまさらながらヒカルを失ったと感じさせられた。

「勝手にしろッ」

吐き捨てて僕はオープンスペースからファミリールームへと足を向けた。

置いてあったキャリーバッグを引いて、リクライニングシートブースからノートパソコンを回収した。太陽光発電機と蓄電機をオープンスペースに置いたままにしてあったことを思い出し、気が進まなかったがそれを回収しに戻った。

ホムレの連中はフロント前で食糧を分け合っている。そのなかにタハラの姿を見つけた。タハラが手にした食糧のレジ袋を掲げて僕に微笑み掛けた。その微笑はホムレの集団に抵抗なく溶け込んでいる微笑だ。

「アンタ要らないんだろ。ヒーちゃんとリーダーが分けてくれていた食い物、アタシがもらってもいいだろ」

「どうして？　あっちに帰ったらもっといいもんがあるだろ」

「アタシもここに残ることにしたんだ」

信じられないことをさらりと言う。

「どうした。血迷ったのか」

僕は啞然とするしかなかった。

「冷静だよ。あっちより、よっぽど住みやすそうじゃん」

屈託のない笑顔だ。

「事情を話したら、万一の時はリーダーたちが守ってくれるって言うしさ」

「事情を話した……」

タハラは人肉バーベキューに参加しなかった自分の命を心配していた。

（そのことを洗い浚い喋ったということなのだろうか？）

「この連中がオマエのことを守れると思うのか」

相手は七十人からの若い人間だ。それに引き換えホムレの連中は……

「いよいよになったら一緒に逃げてくれるって。この人らは生活力あるから頼りになるよ。あの連中とかアンタなんかよりね。それよりアンタさ、アタシのことより自分のことを心配した方がいいんじゃないの？」

ニワカの連中の秘密を知った僕の命も危ないということか？

助かる方法はある。

僕はとっさにその方法を考え付いた。

情報を持っている僕のアドバンテージを活かせば生き残る方法はあるはずだ。

「それじゃ行かせてもらうよ。せいぜいホームレス生活を楽しむんだな」

言い残してマンガ喫茶のドアを開けた。

タハラと別れるよりもヒカルと別れることが辛かった。しかしヒカルにはマモルという恋人がいる。仙台の現場を抜け出し国道六号線を浅草まで歩いて来たのだから、ヒカルを想う気持ちはホンモノだろう。

加えて僕には高熱を発したホムレの老婆をマンガ喫茶から追い出したという引け目

もある。
（どちらにしてもここは僕の居場所ではない）
（マモルのせいだ）
（勝手にここを出て死んだホムレのババアのせいだ）
（ヒカルだって元々はホムレだったんじゃないか）
（デリヘルで稼いでいたんだろ）
（リーダーも甘いよ。どうしていつまでもマモルに働けと言わないんだ）
（共助？　笑わせるな）
（タハラだってそうだ。僕がその気になれば股を開く女だったじゃないか）
（汚らわしい。みんなまともじゃない）
ありとあらゆる憎悪の感情が僕の頭をグルグルした。
階段を降りながら僕の目に熱いものが込み上げて来た。

第三章　イッペイ

1　交渉

タハラが使っていた御宮殿でイッペイと談判した。

「キミたちが僕を殺そうと考えていることは知っている」

いきなりそこから切り出した。

「なにを言い出すんだよ」

イッペイが顔を背けて苦笑いした。

「隠さなくてもいい。タハラから全部聞いているんだ」

「あのアマ」

忌々し気に舌打ちをした。

「タハラも殺すつもりだったんだろ。それを察してアイツは逃げた。どこに逃げたかも僕は知っている。しかもタハラは逃げた先でキミらが隠したい秘密を喋っている」

秘密を喋っているというのは僕の憶測だ。

「誰に喋ったんだ！」

イッペイが顔色を変える。

「そう慌てるな。その情報も僕は持っているし、そいつらの隠れ家も知っている」

鷹揚に言ってやった。

情報だ。

この混沌とした世界で生き残れるのは情報を持つ者なんだ。

今に限ったことではない。

混沌の切っ掛けとなった新型コロナが蔓延する以前から、情報を持つ者が強者だった。正社員として勤めていた会社の先行きが危ういと――それも情報だろう――僕は知ることができなかった。日々をボンヤリと過ごしてしまった。

僕は以前、会社勤めをしていたころに投資に興味を持ったことがある。YouTubeの画面に流れてきた『投資に興味はありませんか？』という広告動画に興味を持ったのだ。その動画を最後まで観たら、この先を知りたいのであれば本を買えという動画だった。

投資のコツを覚えたら、毎月副収入で五十万円は稼げるという誘い文句に釣られてその本を申し込んだ。本の価格は五千円だった。辛うじてだが僕にもなんとかなるお金だ。

申し込んで二週間後くらいでその本が自宅に届けられた。

三十ページほどの薄い本だった。本というよりパンフレットだ。

それを書いた人によると、その人は副業でお金を稼いで今はオーストラリアで暮らしているらしい。いつしか投資が本業になり、それも一日一時間パソコンをチェックするだけで年収が一億円近くもあるのだという。

その人が主宰するオンラインセミナーを受講しないかという誘いが書かれてあった。月々の会費が二十万円で年間分一括払いすると二百万円に値引きされる。会費を支払えば必ず上がる株の銘柄を教えてくれるという。

残念なことに僕は一ヵ月分の会費も持ち合わせていなかった。もし持っていれば僕の未来は拓けたのかも知れない。

「こんなのサギだよ」

自分に言い聞かせて諦めた。

消費者金融で借り入れるほどの度胸と行動力がなかった。

「タハラの情報を知りたければ僕の願いを叶えて欲しい」

イッペイに申し出た。

「願いってなんだよ？」

「東京が解放されても僕と組んで欲しいんだ」

組んでなにをするかという具体的な案はなかったが、浅草寺コロニーを統率したイッペイなら東京解放後もなんとかするはずだ。僕はイッペイのカリスマ性に賭ける気になっていた。

「オマエと組んでなんのメリットがあるんだ」

「浅草寺以外でキミらの悪事を知る人間を始末できるだけで十分なメリットだと思えるがな」

余裕をもって言ったつもりだが僕の胸は張り裂けそうなくらいドキドキしていた。この申し出を受けてもらえなければ僕は殺されるかも知れないのだ。

「もうひとつ、メリットがある」

口からでまかせに言った。

「なんだ」

イッペイの目付きが怖い。殺気を感じる。

「僕に情報提供してくれるのは日本政府なんだ。東京解放の折には救済金が支払われることになっている」

「救済金？」

「慰謝料みたいなもんだ。僕たちを見殺しにしかけたんだから当然だろう」

「いくらだ」

「それは人によって違うが、だいたい五百万円くらいだ」

イッペイが腕組みをした。

「その額の決定には僕の助言が大いに影響する。貢献度によって額に違いが出るのは当然のことだろう」

ひと押ししたがイッペイの喰い付きが悪い。

「でも、それだけじゃないんだ」

さらに畳み掛けた。

「というと？」

「東京解放後、政府に優れた人材だと認められた者は、復興リーダーとして政府機関に採用される。正式な職員として採用されるんだ」

どうせイッペイも元を正せば非正規労働者だったのだろう。政府機関の一員として正式に採用されるとなれば喰い付くに違いない。

「で、どうなる？　もったいぶらずに先を話せ」

もったいぶっているわけではない。マンガ喫茶から浅草寺までのわずかな距離を歩きながら考えたデマなのだ。イッペイの顔色を見ながら盛っているのだ。それほどスラスラと考えつくわけがないだろう。

政府に認められて雇われたら年収は最低でも一千万円を超える。しかし認められるためには僕みたいなエイジェントの推薦が必要だ。僕はイッペイの浅草寺での働きを評価している。

デマをドンドン積み上げた。

「オマエにそんな力があるのか」

「信じるか信じないかはキミに任せる。ただひとつだけ言っておきたいことがある。もし僕にその力がないとすれば、どうして僕は政府がクスリを投下することを知っているんだ。もう少し経てば、そのスケジュールも詳細に教えてやることができるようになるんだ」

「なるほどな」

やっとイッペイが納得してくれた。

「オマエの言うとおりに、クスリが投下されたら信じてやろう」

条件付きの納得だった。

イッペイが部屋を後にしてすぐにノートパソコンを確認した。

ログインするとビックリマークが画面上に現れた。

──投下の日程は決まりましたか？

──二月五日正午に決まりました。

──質問があります。

──どうぞ。

──今回の件で救済措置のようなものはないのでしょうか？

──具体的には？

──見捨てられた者に対する補償金とか。

──検討はされているかも知れませんが、担当ではありません。

──ニワカはこのまま東京が解放されても、ホムレになるしかない身です。

──ニワカ？　ホムレ？

──前にもご説明しましたよね。

相手のレスに間ができた。

前々から疑っていたことだが、僕へ連絡してくる担当者はひとりというのではないらしい。

――二月五日の正午に投下されます。

僕の要望は無視された。

――それは分かりましたが。

――効果が得られるまでに約二週間の期間が必要です。

――効果が得られたかどうかはどうやって確認すればいいのですか？

――専門の医師以外無理です。とにかく二週間待って下さい。

――副反応は？

――今のところ重篤な事例は報告されていません。予防薬としても効果を表しますし、感染していた場合も初期から中期の段階であれば治療的効果が確認されています。

――なんかスッキリしないんですけど。

――他にも大切なことがあります。

僕を無視したまま話が続けられる。

――薬はアンプルで届けられます。

――ということは錠剤ではなく液体ということなんですね。

——その方が卓効性に優れていますから。しかし薬の有効期間は三日です。

——そんな短いんですか。

——入手後速やかに服用して下さい。

——有効期間が過ぎると効果が出ないと？

——速やかに服用して下さい。

同じことを繰り返しノートパソコンの画面がビックリマークに変わった。

僕は朝まで悩んだ。

僕を悩ませたのは投下されるクスリがアンプルで有効期間が三日だという点だ。日本が特効薬の開発に成功したと鵜呑みにはできない。ワクチンだって海外産だった。もしかして自分たちで人体実験をするのではないかとヒカルは疑った。

タハラの疑いはもっと辛辣だった。この状況に追い込まれた者たちが、人道に背くような犯罪に走ってしまったことへの批判が政府に及ぶことを懸念し、そんな連中を始末しようと政府が企んでいるのではないかとタハラは言った。

ヒカルとタハラ、そのどちらの意見も僕は否定しない。可能性としてはあり得ることだと内心では同意していた。

しかしそれでも方法がないわけではない。投下されたクスリをすぐには服用せず、周囲の人間の様子を見てからのめばいいのだ。

その思惑が外れてしまった。

有効期間三日――

もし政府がなにやら企んでいるとしても、そんな短期でそれを見抜けるだろうか。

（のむべきか、のまざるべきか）

その二択に悶々としながら僕は朝を迎えてしまった。

「朝食だ」

イッペイが御宮殿を訪れた。

「朝飯は地下の大広間で食べるからな」

「その前に少し話をしたいんだが」

「なんだよ」

「昨日の夜、政府広報室とコンタクトした。クスリは二月五日の正午に投下される」

「確かなんだな」

「ああ、政府からの情報だから確かだ」

「だったら忙しくなるな」

「投下されるクスリは錠剤ではなくアンプルに入った液体だ」

「今日から取り掛かった方がいいか」

僕がアンプルと言ったことには反応せずにイッペイがうわの空で呟く。

「クスリの有効期間は三日だそうだ」

「毒殺がいちばん簡単だな」

「三日を過ぎると効果がなくなる」

「死体を運ぶ手間を考えたら、ここで殺《や》るより隅田川まで連れて行って殺ったほうがいいか」

イッペイが考えているのは、彼らの悪行を知る老人ニワカの始末だろう。

「おかしいとは思わないか」

問い掛けたがイッペイは反応しない。

「殺して隅田川に投げ込めばいいよな」

「おい、他人《ひと》の話を聞いているのかよッ」

怒鳴り声を上げるとようやく相手が反応した。

「なんだよ。二月五日の正午だろ」

そういうことじゃないんだ。少しはヒカルやタハラみたいに自分のアタマで考えてみろよ。

言い掛けた言葉が声にならなかった。

それはそのまま、前の晩、あの二人から僕に投げ掛けられた言葉ではないか。

イッペイが怖い目を僕に向けて言った。

「オマエにも手伝ってもらうからな」

「なにをだ」

「ジャマな奴らを始末する仕事を手伝ってもらう」

「僕に殺人をやれというのか」

「昨日眠る前に考えた。この先オマエと組んで仕事をするということについて、いまひとつオマエは信用ならない。オレたちの悪事を暴露しない保証はないからな。だから始末を手伝ってもらう。自分が大量殺人者となれば、オマエもオレらのことをバラせなくなるだろう」

「僕がそんなことを……」

政府の陰謀かも知れないとは考えないのに、そんなことは思い付くんだ。

「手伝ってもらうというよりメインでやってもらう。五十人を超える人間を殺せば、オマエは間違いなく死刑だ」

「いつやればいいんだ」

承知したわけではないが念のために訊いてみた。

「二月五日。オマエが言うとおり、特効薬の投下が確認されてからだ。それが確認されるまで、アイツらを殺すわけにはいかない。大事な労働力だからな」

それからとイッペイが付け加えた。

「殺すという言葉は禁句だ。事前に知られたら逃亡する奴もいるだろうし、老いぼれたちとはいえ歯向かってくると面倒だからな」

「隊員たちにも口止めしているのか？」

「ああ、殺すとは言わず隠語で話し合うよう指示してある」

「隠語？」

「リストラだ」

「なるほど殺すことをリストラすると言っているのか」

センスを疑う。イッペイに限らず、浅草寺に巣くうニワカ連中は少なからずリストラの憂き目を経験した者たちだろう。自分たちがされたそれをニワカ高齢者に向けるというのか。

確かに僕にとってもリストラ通告は死刑宣告と同じ意味を持っていた。それだけに、他の人間にそのワードを使うことに抵抗を覚えずにはいられない。

「本人らに直接言う必要はない。要らぬ勘繰りをされても詰まらんからな。隊員同士で決行の打ち合わせをする時に使う隠語だ」

それよりも、とさらに言葉を続ける。

「オマエが秘密をばらしたというホームレス連中は先にリストラしておいてもいいだろうな」

「僕じゃない。タハラだ」

反論したがタハラがばらしたというのも僕の憶測だ。

いや憶測ではない。正確にはデマだ。僕は自分が優位に立って助かりたい一心でそんなデマを口にしたのだ。我ながら見下げた人間だ。

そんな悔いがあるのに、僕はホムレのリーダーたちの寝床が雷門前のマンガ喫茶だと教えてしまった。

仕方がないだろう。

教えなければリストラするとイッペイに脅かされたのだ。それを言うイッペイの目は本気だった。殺意が込められていた。

トドロキの指揮の下、その夜の決行が決まった。

「ちょっと待ってくれ。全員を殺す気か？」

「秘密を知っている全員を殺すのは当然だろう」

「あの場所にいるのはホームレスだけじゃないんだ」

「タハラも同じだ。裏切者には死あるのみだ」

「いや、もうひとり、ヒカルという女の子もいるんだ。彼女はホームレスじゃないんだ。せめて彼女だけでも助けられないのか」

マモルのことはあえて口にしなかった。ヒカルは悲しむだろうが、マモルが殺されることに痛痒《つうよう》は覚えない。ホムレの連中にしてもそうだ。しょせんは僕と棲む世界が違う人間なのだ。

「そいつは秘密を知らないのか？」

イッペイに問い詰められて言葉に詰まってしまった。

「知っているんだな。だったらそいつもリストラ対象だ」

夜遅く第三警備隊隊長のトドロキが隊員を引き連れて僕の部屋を訪れた。

「ずいぶんいるんだな」

「取りこぼしがあってはいかんからな。他の隊からも、何人か集めろとイッペイさんに命令されたんだ」

僕を先頭に一団はマンガ喫茶を目指した。

（どうしてヒカルらに逃げろと告げなかったんだ）

僕の胸を悔恨が掻き毟《むし》る。

時間はあった。抜け出してマンガ喫茶に行くことができなかったわけではない。

（いや、ムリだ）

抜け出せたという考えを僕は打ち消す。

抜け出そうとしなかったわけではない。

しかし僕の部屋の前には見張りがついていた。

それでも見張りはひとりだったのだ。

不意打ちを喰らわせ、殴り倒して抜け出すかとも考えた。

ただしそうするためには僕はいくつかの覚悟をしなくてはならない。

捕まったらその場で命を奪われるかも知れない。

上手く抜け出せたとしても、もう浅草寺には戻れない。それはすなわちクスリの入手を諦めるということになるのだ。

すべてが滞りなく終ったとしても、マンガ喫茶に住むことはできなくなるだろう。

ホムレの連中は平気かも知れないが、この寒空で奴らのいうアオカンなど、僕にできるわけがないだろう。あれこれのリスクが繰り返し僕の脳裏を駆け巡り、その結果として僕はトドロキが率いる一団と共にマンガ喫茶へと向かっているのだ。

2　襲撃

(タハラがイッペイらの悪事を暴露しているなんて言わなきゃよかった)

僕の悔恨はそこに及ぶ。そこまで及んでハッとした。

タハラが悪事を暴露したなど、あれは僕の捏造《ねつぞう》だった。でっち上げだ。僕に従わず、ホムレやヒカルとマンガ喫茶に残ったタハラに対する憤りが言わせた言葉だったじゃないか。

いまさらのように思い当たり、僕の胸はますます苦しくなる。

(こうなればこいつらと闘うしかない)

できもしないことを僕は夢想する。

(闘ってヒカルを守るしかないだろう)

必死に自分を鼓舞する。

(レイプ紛いの乱交を止めた元プロレスラーのタハラがいるじゃないか。リーダーだって、ホムレとは思えないほど筋肉質の身体をしていたよな)

他人任せ、他人頼みするうちに、一団はマンガ喫茶のあるビルの一階に至った。トドロキの指示で五人の男が非常階段を固め、残った十人がビルの階段を、足音を忍ばせて上り始めた。その全員が金属バットを携えている。

(殺す気マンマンだ)

彼らの放つムッとした殺気に僕はチビッてしまう。

(無理、無理、無理、無理)

全身を汗ばませて僕は心の中でリフレインする。

(いくらタハラが元プロレスラーだからって、リーダーがホムレにしては筋肉質だからって、これだけの金属バットに勝てるわけないじゃん)

トドロキがマンガ喫茶のドアに手をかけた時点で僕はほとんど諦めの境地に至っていた。せめてヒカルが苦しまずに死んでくれればいいと、そんなことを願っていた。

「おい、開いているぞ」

トドロキがマンガ喫茶のドアをゆっくりと開けた。

電気が通じていないので店内は真っ暗だ。

「分かれて探そう。見つけたら大声を上げろ」

何人かがペンシルライトで店内を照らし始めた。

光量が十分ではないので手探りの捜査が始まった。

「おい、どこへ行く」

ファミリールームへ向かおうとした僕をトドロキが呼び止めた。

「当てがあるんだ」

短く応えて、僕は勝手知ったる店内を進んだ。

(もしかして……)

僕には期待するものがひとつあった。僕が明け渡した後に、ヒカルとタハラがファミリールームで暮らしているかも知れないという期待だ。もしそうだとしたら、二人を逃がせるかも知れない。非常階段の下にも金属バットを構えた連中はいるが、そこは元プロレスラーのタハラに任せるしかない。

だがその期待は裏切られた。ヒカルとタハラどころか、人が住んでいる気配さえそこにはなかった。ファミリールームだけではない。一時間近く探し回って、金属バットの連中は、人ひとり見つけ出すことができなかった。

「逃げられたか」

トドロキが呻き声で言ったがそれほど悔しそうには聞こえなかった。むしろそれは安堵さえ感じさせる声だった。

「あまり悔しそうでもありませんね」

僕は思わず余計なことを言ってしまった。

「あたりまえじゃないか。誰も人殺しなんてしたくはないよ」

「でも、人肉バーベキューがバレたら困るんでしょ？」

「ああ、困るよ。社会復帰できなくなるかも知れないからな。でもさ、言い訳するんじゃないけど、あれだってオレが言い出したことでもないしさ。発案したのも、率先して食べたのもイッペイさんなんだよ」

「トドロキ隊長……あまりしゃべらない方が……」

隊員と思える若い男が口を挟んだ。

「大丈夫だよ。オレはイッペイさんのことを尊敬している。浅草寺の集団がまとまったのもあの人のおかげだよ。さすがに人間を喰うのはどうかと思ったけど、それくらいの覚悟がなくちゃ生きていけないってことはオレも心得ているよ。だいたいあの人は、自分の意志で東京に残った人なんだぜ」

「自分の意志で……」

トドロキの意外な言葉に僕は啞然とした。イッペイは僕のようなニワカではないのか。

「そうだよ」

トドロキが僕に向かって微笑んだ。

「あの人は台東区の区議会議員さんだったんだ。避難情報を一番に知ることができる立場の人だったってわけさ」

「だったらどうして……」

「いつか東京のロックダウンは解除される。そう信じていたんだ。解除されれば、自分こそが時代の証人になって、こんな無茶なことをやった政府を糾弾するって、それがあの人の目論見だったんだ」

「そんな人が……」

マンガ喫茶のホムレを殺したり、五十人からいる高齢のニワカを殺すことを発想できるだろうか。僕は腑に落ちない想いに囚われた。

「この騒ぎが終ったら、あの人は国政への転身を目論んでいるんだ。その出鼻を挫《くじ》くことがあってはならないだろう」

「国政への転身って、国会議員になるつもりなんですか？」

「そうだよ。日本を作り替える人なんだ。警備隊の隊員全員は、それを信じてあの人に従っているんだ」

権力欲の塊――

僕にはそうとしか思えない。

政府のやっていることがまともだとは思えないが、イッペイの野心も正常の域を超えている。警備隊の隊員をまとめ上げたということは、よほどカリスマ性のある人物なんだろうけど、その人物がこの国をあるべき方向に導けるとはとうてい信じられない。

「タハラさんはイッペイさんの奥さんだったんだ」

さらに驚くことをトドロキが教えてくれる。

「だからオレたちもタハラさんには手を出さなかった。イッペイさんも乱交には加わらなかった。その奥さんに裏切られたんじゃ、イッペイさんも浮かばれねえよな」

しみじみと言ってトドロキがマンガ喫茶を後にする。後に続く隊員たちからも安堵の気配が窺える。しかしその安堵は、人を殺さずに済んだという安堵で――裏を返せば――この連中は本気でマンガ喫茶の住人を皆殺しにするつもりだったのだと思わずにはいられない。

(間違っている。絶対に間違っている。正気の沙汰じゃない)

浅草寺への帰路、僕は胸のうちで繰り返すが、どこがどう間違っているのか、その核心に触れることができない。むしろイッペイを応援したくなるような感情さえ湧いている。

外の人間にその感情を分かれと言っても無駄なことだろう。棄民され、明日をも知れない日々を送った者にしか分からない感情だ。

ホムレグループと出会ったことで食べるものに困ることはなかった。

なんとか食い繋げた。

それはまさに食い繋げたというものであり、食うものは、目に見えてというほどではないが日々細っていった。

職と住所を失い、小さなアンパンやバナナ一本で一日の空腹を紛らわせる「助走」があったから、なんとか僕は耐えられたのだ。

そんな生活が一年続いた。当初の政府の発表では、少なくとも残り二年、この生活を続けなければいけなかったのだ。とても耐えられたとは思えない。

3　投下

二月五日正午。

上野方面から一機のヘリコプターが飛来した。

そのヘリコプターからパラシュートで木箱が投下された。浅草寺の住民はもろ手を挙げて踊り狂った。女たちも地下の大広間から出て、同じように歓声を上げた。

「オマエの言ったとおりだったな」

僕の背後で腕組みをしたイッペイが満足そうに呟いた。

「あれは特効薬なんでしょうか？」

抱いてきた疑問を僕は投げ掛けた。

「違うかも知れんな」

イッペイがさらりと答えた。

「やっぱりアナタも疑っていたんですね」

僕でさえ――実際その疑問を最初に口にしたのはタハラだが――疑っていたのだから、イッペイほどの人間が疑いを持たないはずがない。

二日前に、僕は自分と政府広報室の関係を洗い淩いイッペイに打ち明けていた。黙って聞いていたイッペイは驚きもしなかった。

「手強い相手だな」

ポツリとそう呟いただけだった。

「アナタはあのクスリを服用しますか？」

「さあな、有効期間が三日あるんだろ」

曖昧な答えしか返って来ない。

「オマエはどうするつもりなんだ？」

「アナタが服用すれば僕も服用するかも知れません」

曖昧な答えしか返せなかった。

パラシュートが着地した。

イッペイが三歩前に進み出て浅草寺本堂の階段上に仁王立ちした。

第一警備隊の隊員四人が、縦横高さ一メートルくらいの立方体の木箱を持って慎重に階段を上る。恭しくイッペイの前にそれを置く。イッペイが箱を吟味《ぎんみ》する。

僕もイッペイの傍らにしゃがみ木箱を見回すが一切の数字や文字は記されていない。

「開けてみろ」

イッペイが指示しバールで木箱が開けられる。ぎっしりと詰め込まれた梱包材に腕を入れ、イッペイが取り出したのは金属の工具箱に似た箱だった。それを頭上高く掲げると、息を潜めて見守っていた一団が雄叫びを発する。

イッペイが金属の箱の留め金を外して開けるとアンプルが整然と並べられている。

ざっと見て五十本ほどだろうか。

「これを下の奴らに順番に配ってやれ」

隊員に指示しイッペイは新たな金属箱を取り出す。

「入れ物にもアンプルにも、なにも記されていなかったですね」

僕の言葉にイッペイが薄ら笑いする。

「用心深い奴らだな」

階段下ではアンプルの支給を受けた者が躊躇う様子もなく、次々にそれを乾《ほ》している。

やがてアンプルは全員に行き渡り、僕とイッペイと、警備隊の隊員を残して全員がそれを飲み干した。

「二週間、待てということだったな」

「ええ、政府広報室からはそう伝えられました」

「二週間待ってなにも起こらなかったらオレも服用することにする」

「でも、有効期間が……」

「三日だったな」

「ええ、そう伝えてきました」

「物理的に不可能だ。浅草寺に集まっている人間に投与するくらいなら三日と期限を切ってもいいだろうが、日本全国で配布・投与するのに三日の有効期間は短過ぎる」

だから二週間待つのだとイッペイは言う。

その正誤を僕は判断できない。判断できないからイッペイの言に従うことにした。

「オマエは政府広報室を名乗るアカウントと連絡を密にしてくれ」

僕に指示が下された。

「了解しました」

「今夜からはオレも御宮殿で寝起きする。政府広報室に繋がる時は必ず立ち会いたい。アイツらの反応を確認したいんだ」

「心強いです」

僕はすんなりとイッペイの申し出を受け入れた。

その夜は、イッペイ立ち会いの下でノートパソコンの電源を入れた。ビックリマークが現れた。ログインした。

――特効薬は全員に行き渡りましたか？

イッペイの顔に目を向ける。イッペイが頷いた。

――はい、全員に行き渡りました。

――ご苦労様でした。

――これで二週間待つのですね？

――そうです。二週間でウイルスに対して完全体になります。

――これからの予定は？

――二週間後、自衛隊の一個師団が東京に入ります。

――一個師団？

――六千人程度を予定しています。

――自衛隊の目的は？

――特効薬の服用から漏れている人などを補助するのが目的です。

――配布するのでしょうか？

――路上生活者など、完全には行き渡っていないでしょうから。

僕の脳裏にヒカルの顔が浮かんだ。アンプルが投下された日に、ヒカルは浅草寺に姿を現さなかった。ヒカルだけではない。タハラも、リーダーが率いるホムレの連中もどこかに身を潜めているのか、少なくともアンプルの薬は服用していないはずだ。

――有効期間の三日で配布できますか？

――二週間後に配布するのは完全薬の錠剤です。今回は生の薬でした。

――どうして今回は完全薬ではなかったのでしょうか。

――数量が限られていましたので。

たった二週間でも不必要な感染者を出したくない。早急に多くの人に投与したかったのだと政府広報室は続けた。

――浅草寺コロニーにおいては、最近では感染者が出ていないとお伝えしたはずですが。二週間を急ぐ必要があるのでしょうか?

――浅草寺ではそうかも知れません。しかし私たちは東京エリア全体を考えて急いでいるのです。

そう言われて返す言葉がなかった。

浅草寺では毎日検温が行われ、感染を疑われた人たちは隔離されている。東京エリア全体でそのような管理体制が敷かれているかは大いに疑問だ。

質問を変えた。

――恩赦《おんしゃ》とかはあるのでしょうか?

この質問は事前にイッペイから言われていた質問だ。

――恩赦というと?

——たとえば私の場合、コンビニとかスーパーから食糧を盗みました。

——それは緊急避難ですから罪には問われません。

——浅草寺ではレイプ犯罪もあったようです。

——それも見逃されます。

——人肉を食べた人もいたようですが。

——それも緊急避難の一部だと判断します。

——ずいぶん寛容なんですね。

——国民に寄り添うのが現政権の基本方針です。

——人肉を食べた者にも目溢《めこぼ》しがあると言うのですか？

——第二次大戦当時、東南アジアで孤立し、補給が断たれた部隊でもそのようなことは数多く報告されています。現在の東京エリアはそれに比肩する緊急事態にあるというのが私たちの認識です。当時やむを得ず人肉を食べた兵士も、その後罪に問われることはありませんでした。


実際そうなのか。僕にその知識は無い。東京裁判が行われ、戦犯が処罰されたことは知っているが、人肉を食べた兵隊さんの扱いまでは知らない。そんなことは、高校の教科書には出てこなかった。

念のためイッペイに目を遣った。歴史的な事実を知ってか知らずか、イッペイが頷いたので、それ以上追及することは止めた。

——今後、私にできることがあるでしょうか？

——発熱などの副反応のレポートをお願いします。

——かしこまりました。では、明日もこれくらいの時間にコンタクトさせていただきます。

チャットを切ってイッペイに向き直った。

「いかがでしたか？」

「やっぱりオマエだったのか」

「え？」

「人肉バーベキューのことをばらしたのはオマエだったんだな」

「いえ、それは……」

「いいんだ。気にすることはない。向こうも緊急避難だったと言ってくれているじゃないか」

イッペイの目が笑っていない。

「どちらにしても、その首謀者がオレだと分かっていなければいいんだよ」

宥める言葉も白々しい。

軽く僕の肩を叩いてイッペイが自分の寝床に潜り込んだ。灯油ランプの灯を消して僕も寝床に潜り込む。もちろん安眠などできるはずがない。

人肉バーベキューを知る人間の「リストラ」期限は二週間先に延期されている。実行するかどうかも明らかにはされていない。だがマンガ喫茶の住民を殺そうとした男なのだ。やるに違いないと僕は考えている。

問題は僕もリストラ対象者なのかも知れないということだ。

イッペイは僕が生き残りのために投げたエサに喰い付かなかった。

東京解放の折には、救済金が支払われるとか、政府に認められて雇われたら年収は最低でも一千万円を超えるが、認められるためには僕みたいなエイジェントの推薦が必要だとか、思い付きのでたらめはスルーされてしまった。

当然だろう。僕のように正規雇用の職を失い、アルバイトでマンガ喫茶暮らしをしていた者ならともかく、イッペイは台東区の区議会議員で、自主的に東京ゲットーに残り、その歴史の証言者として国政を狙おうする人間なのだ。そんなでたらめ話に喰い付くはずがない。

イッペイが言っていた二週間の期限に至った。

その間僕はイッペイ立ち会いの下、毎夜政府広報室と連絡を取り合った。訊かれることは発熱している者はいないかとか、主に副反応に関する質問だったが、幸いにしてそれに該当する者はいなかった。

浅草寺コロニーでは特効薬投下以前から、毎朝の検温は習慣づけられていたので遺《い》漏《ろう》はない。導入されている体温計も顔認証型サーマルカメラなのだ。それが三台もある。警備隊が監視する中、行列を作ったニワカたちがそのカメラの前を通過するだけで、一秒と掛からず体温が表示されるのだから手間もない。

(あるいはこれが秘訣かも知れないな)

整然と行われる検温に僕はそんなことを考えたりした。

イッペイの話によると初期にはかなりの感染者も出たらしい。規定の体温を超えた者は、直ぐに浅草寺境内の幼稚園に隔離された。そのまま死んだ者は隅田川に水葬された。それを徹底していたので浅草寺内の蔓延が防止できたのかも知れない。

明日が投下から二週間目という日、イッペイは各警備隊の隊長に集合を掛けた。

「ひょっとしたら特効薬はホンモノだったかも知れんな」

先ずは自分の見解を述べた。

隊長らが動揺した。

無理もない。彼らは僕やイッペイ同様、有効期間が三日という特効薬を服用しなかったのだ。

「今からでも遅くはないのではないでしょうか」

第三警備隊のトドロキが不安顔で言った。

「それはオレにも分からん」

イッペイが突き放すように言う。

「分からんが、早晩一個師団の自衛隊部隊が東京に乗り込むことになっている」

その時期について、僕はイッペイに指示されたので訊いたが、得られた回答は「調整中」というものだった。

「自衛隊がいつ乗り込んでくるのかはまだ不確定だが、いずれにしても彼らは特効薬の完成品を携えて乗り込んでくるらしい。前回投下されたアンプルの特効薬を服用できなかった者たち、それは主には群れを作らない路上生活者だろうが、それらに配布する完成品がもたらされるんだ。オレたちもそれを服用すれば問題はないだろう」

その言葉にトドロキたちが安堵する。

「今日集まってもらったのは他でもないことだが」

イッペイが話題を変えた。

「人肉バーベキュー問題をどう処理するかだ」

イッペイの視線が僕に向けられる。

「イサムくんに訊きたいのだが、政府関係者は人肉バーベキューをどう評価しているのか、ここにいるみんなに説明してやってくれないか」

「緊急避難の一部だと考えて見逃してくれるようです」

「断っておくがイサム君は予言者などではない。その経緯は僕も詳しくは知らんが、政府広報室とコンタクトが取れる人物だ。不織布マスクの件、鼻うがいの件、そして特効薬が投下される件と、様々な有益な情報を僕らに与えてくれた。僕も彼と政府広報室の遣り取りを傍らで見させてもらったが、彼の言葉は信用できる。すなわち人肉バーベキューに関しても、諸君が罪に問われることはないと考えても間違いはないだろう」

イッペイの言葉に全員が安堵する。

「しかし僕の場合は違う。司法の場で裁かれないといっても世論というものがある。これから国政に打って出ようとする者にとって、世論を敵に回すのは甚《はなは》だ拙いと言わざるを得ん」

「どうすればいいのでしょうか、イッペイさん」

「トドロキくん、さん付けは止めにしないか。これから外部の人間との接触もあるんだ。お互いを馴れ馴れしく呼び合うのはうまくないだろう」

「では、どうお呼びしたらいいんでしょうか？」

「先生でいいんじゃないか。議員をしていたときは、たいがいそう呼ばれたもんだ」

「では、先生。世論の批判を躱《かわ》すために先生はどうすれば良いとお考えでしょうか？」

「一時は真実を知る者の抹殺、いやリストラだったな、それも考えた。しかしどのタイミングで自衛隊が乗り込んでくるかも知れない現状で、あまり目立ったこともしたくないんだ」

リストラという名の殺害をしないとイッペイが言ったことに僕は胸を撫で下ろした。

それはそうだろう。物資調達などを請け負う高齢者ニワカは数十人いるのだ。それを全て口封じのために殺害するなど正気の沙汰とは思えない。

そしてなにより見過せないのは僕もそのひとり、彼らの言葉を借りていうなら「リストラ対象」のひとりなのだ。胸を撫で下ろしたのは当然だろう。

「具体的にご指示下さい」

イッペイの呼び名をさん付けから先生に変えたトドロキが求めた。

「要は僕が首謀者であったと誤解されたら困るんだよ。確かに僕は人肉バーベキューに理解は示した。これから先、何年続くかも知れない窮状に耐えるためには、それくらいの覚悟は必要かも知れないという理解だけどね。現実に今の政府も罪には問わないと言ってくれている。それはある意味、僕と同様の理解を示したということじゃないかな。でもね、間違えたらいけないのは僕が率先垂範して人肉バーベキューをやったわけじゃない。そのことは、くれぐれもみんなの頭にも入れておいて欲しいね」

長々と喋るイッペイに僕はウンザリしていた。これじゃまるで政治家が責任逃れする時の答弁じゃないか。

僕には目に浮かぶようだった。コロニーをまとめるために人肉バーベキューを発案したのはイッペイではないか。「これくらいの覚悟がなくて生き残れるのかッ」そんな檄《げき》を飛ばすイッペイの姿が目に浮かんだ。

みんなが啞然とするような突拍子もない発言をし、それを納得させるのが有能な政治家かも知れない。そう考えてみれば、かつて先進的な政治家として国民の人気を集めた何代か前の総理大臣もそうだった。自分が所属する党を「ぶっ壊す」などと威勢のいい言葉で大衆を扇動《せんどう》した総理だったが、その総理が提唱した「痛みを伴う政治改革」で痛みを受けたのは僕のような下級国民だけだったような気がする。

「かしこまりました」

絞り出すようにトドロキが声を発した。

「人肉バーベキューに関してはオレが発案し、オレが先導したことにします。先生がここで足踏みするようなことがあってはなりません」

したことにする？

（おいおい待ってくれよ）

その言い草こそイッペイが主導権を持ってことを成したと認めるようなものではないか。

「オマエの働きは忘れんからな」

イッペイが厳かに言ってトドロキが平伏する。

（なんだよこの茶番は）

「他の連中も同じだ。どうかトドロキを助け、ひいては僕を守り立てて欲しい」

今度は全員が深々と頭を下げる。

なんとなく僕にはこの浅草寺コロニーの成り立ちが見えてきた気がした。タハラを中心とした新興宗教染みた集団ではなかったのだ。それは表向きの形式的なことで、その実情は、イッペイを頂点としたカルト集団だったのだ。

区議会議員まで務めていたイッペイが自らの意志で東京に残ったという事実にみんなは感激しただろう。人心を掌握するのも容易だったに違いない。自分たちのために残ってくれた、その想いがどれほどニワカの連中を感動させただろう。そして頼りにされただろう。

しかし現実は違う。イッペイは自分の野心のために東京に残ったのだ。そのことをバネに、国政へ挑戦しようとしているのだ。

イッペイの試みは的を射るに違いない。絶望の淵から這い上がった者を称賛するのは不変の方程式のようなものだ。

東京を遺棄した。一部とはいえ棄民した。

そんな後ろめたさは全国民、とくに東京エリアに居住していた人たちの胸中の奥深くに刺さっているに違いないのだ。

そこにイッペイが現れる。好青年だ。見た目も悪くない。その青年は残される人の助けになろうと、あえて避難する道を選ばなかった。そして現実に、浅草寺に一大コロニーを築き上げ、残った人々を粉骨砕身守り抜いた。そのイッペイが棄民政策を糾弾すべく立ち上がった。すでにイッペイの当選が確実なものに思える。

(もしかして……)

不意に思い付いたことがあった。

(政府広報室はどこまで知っているのだろう)

唐突に湧き出た疑問だった。

もしも政府広報室がイッペイの存在に気付いていて、しかもその思惑まで知っているとしたら、これは現政権にとって紛れもない脅威になるのではないか。

イッペイが浅草寺コロニーで寝食を共にしたのは相対的貧困層だ。すべてと言っても語弊がないほとんどの者が非正規雇用、アルバイトをしながらその日その日を食い繋いできた者だろう。その者たちの代弁者としてイッペイが国会の赤じゅうたんを踏んだら、そして野党勢力がイッペイを自らの象徴として担ぎ上げたら……

政権交代も夢ではないだろう。

イッペイが総理大臣になるのも、あながち夢物語ではないかも知れない。

そんなことを夢想する一方で、僕には現政権の動きが気になる。

(イッペイの野望を現政権は把握していないのだろうか?)

僕が抱いた疑問だ。

東京ゲットーは完全に隔絶された世界なので、あるいは現政権がそれを把握していなかったとしても不思議ではない。

しかしもし現政権がイッペイのような人間が現れることを警戒していたとすれば……

スパイとまでは言わないが、それに類する内通者を送り込んでいたのではないか。

(いや、送り込まなくても、後付けで育てることは可能だ)

僕の考えはどんどん広がる。

(もしかして、それは僕ではないのか?)

太陽光発電機、蓄電機、そしてノートパソコンを与えられた僕はライフラインが途絶した東京ゲットーでネット環境を得ることができた。ライフラインが途絶する直前に政府広報室から得た情報で倉庫を探し当て、それを得ることができたのだ。

あの倉庫は施錠もされていなかったし、僕がネット環境を得るのに必要な物だけが準備されていた。誰か協力者がいるのかと疑ったが、あの時点でそれは僕にとってさほど重要なことでもなかった。だから疑問は疑問としてスルーした。

新たなネット環境を得た僕に、政府広報室が指示してきたことは浅草寺コロニーの内偵だった。僕はそこで知りえた情報を包み隠さず報告した。

4　野望

案の定とでもいえばいいのか、その夜政府広報室が関心を持ったのはイッペイのことだった。

――浅草寺に避難している者を統括しているリーダーはいますか？

いきなり核心に迫る質問が投げ掛けられた。

僕は今までのように洗い浚い無防備に答えることができなかった。僕の傍らでイッペイが画面を覗き込んでいるのだから迂闊なことは答えられない。

――前にも報告しましたが一人の女性が観音様の生まれ変わりだとして信仰を集めています。

――こちらが知りたいのは、その女性の手足となって実行部隊を動かしている人間のことです。上空からの観察で、浅草寺コロニーの一団は他にないほど統率が取れています。実行部隊を指揮している者がいるはずです。

――それも以前報告したとおり、第一から第七まで警備隊が組織され、それらの隊長の指揮の下で実行部隊は動いています。

――弱いですね。その警備隊とやらを統率している人物がいるはずです。政府広報室が譲らない。鋭い質問に僕はレスを躊躇してしまう。

――もしそのような人物がいるとすれば、私たちは東京の復興に当たり、その人物を復興リーダーの一員として優遇したいと考えております。

僕が適当に言ったことそのままを政府広報室が伝えてきた。

僕は画面から目を離し、イッペイの顔を覗き込んだ。イッペイが小さく頷いた。相手に聞こえているわけでもないのに言葉は発しない。

――それだったらひとりいます。

――どういう来歴の人でしょう?

どこまで答えていいのか分からなくなった僕はノートパソコンをイッペイの前に置いた。心得たとばかりにイッペイがキーボードを打ち始めた。

――区議会議員経験者です。

――その人は避難しなかったのですか?

――避難の網の目から零れる人たちを助けようとあえて東京に残りました。

(マズイんじゃないの)

イッペイが打ち込む文字列を目で追いながら僕は心配になった。

もし僕が答えているとしたら、そんな断定的な言葉は使わない。「ようです」「だそうです」と語尾に推測や伝聞が混じるだろう。

――なるほど。それで大人数を収容できる浅草寺をあなたは選んだのですね。

――できるだけ多くの忌避者を助けたかったですから。それにライフラインの途絶も当然予測できたことでした。なかでも飲料水の途絶は生死に関わることです。幸いなことに浅草寺には井戸もあります。

僕は人差し指で画面上の『あなた』という文字を指し示した。

政府広報室は情報を取り交わしている人間が僕から誰かに――それは指導者である人物に――切り替わっていることに気付いている。注意喚起するつもりの指差しだったが、イッペイもそのことには当然気付いていたのだろう、僕の手を払い除《の》けた。

――かなり計画的に、それは避難指示が発出される前から浅草寺への避難を決めていたということですね。

――ええ、もちろんです。私が区議会議員を務める台東区でいえば、収容できるキャパシティーを考えると浅草寺しかありませんでした。

イッペイがはっきり「私」と名乗った。

――事前に働き掛けましたか？

――ええ、貫首にお会いし交渉しました。

――ずいぶん偉い方と交渉されたのですね。

――区議会議員の立場をフルに使わせて頂きました。

――どのような交渉をされたのでしょうか？

――大前提として浅草寺への打ち壊しはしない。文化財にも一切触れない。だから施錠などせず、すべての施設を開放し、その旨を貼り紙で告知して欲しい。そうお願いしました。私の要求はすべて快諾されました。

（そんなことがあったのか）

僕は感心するしかなかった。イッペイの先見の明、そして交渉力に唖然とした。

――あなたの最終的な目標到達地点はどこにあるのでしょうか？

――元の区議会議員の職に戻って台東区の復興に尽くしたいです、と言えば納得して下さるのでしょうか？

――それが目標ではないと？

――私は国政への転身を考えています。

――ほう、国会議員が目標ですか？

――それだけではありません。野党共闘の中心的な人物となり、政権交代も考えております。

（おいおいおい、大丈夫なのかよ。相手は政権の下で働く政府広報室なんだぞ）

――しかしそれで握れる権力はたかが知れています。優秀な官僚組織のバックアップなしに、この国は動かせない。それは過去の政権交代の失敗が雄弁に物語っています。

――それで？

――ある程度の人民の賛同を得た段階で現在の政権与党と合流します。いつまでも野党と共闘するつもりはありません。今以上の絶対与党を確立させ、より明確な格差社会、貧乏人が政治に口出しできないような政治体制を築き上げるのが私の目標です。

――承知しました。このことはどなたにもお話しされていないでしょうね。

――私の隣でこの遣り取りの画面を見ている男がおります。内容を理解しているのかどうか、あんぐり口を開けているだけです。よしんば内容を理解しているとしても、彼にはそれを伝える力はありません。イザとなれば始末することも視野に入れておきます。

――アナタ専用のログインIDとパスワードをお送りします。以後はこちらでコンタクトをとって下さい。

イッペイが背中でノートパソコンの画面を隠した。手帳にメモをしている。何度かキーボードを叩く音がして、イッペイが振り向いた時には画面は待ち受けに戻っていた。

「驚きました」

やっとのことでそれだけを口にした。

「驚くことはないだろう。政治家を目指す者は誰でも絶対の権力を欲しがるものだ」

薄ら笑いを浮かべてイッペイが言った。

「これから僕はどうすればいいんでしょうか？」

「オマエはアクセスの権限を失った。これからはオレだけが政府広報室と繋がることができる」

「僕は用済みなんですね」

「そんなことはないよ。オマエはオレのスポークスマンとして働けばいい」

「スポークスマン？」

「そうだ」

イッペイの言うことには、イッペイに都合の良い情報だけをイッペイ自身が発信するのは拙い。だから発信者としての僕が必要なのだと言う。

「それに政府広報室が正しい情報を流してくれるとは限らんからな」

とも言う。

情報が後で誤っていたと知れた時にその責任を被れと言うのだ。

今の流れであれば、いずれ自分には国政の道が拓ける。そのさいにはオマエを私設秘書として雇ってやるとまで言う。

そこまで言われたら僕に断る理由などない。

東京が解放され、日常が戻った先になにがあるというのだ。非正規雇用者として罵声を浴びながらコマネズミのように日銭を稼ぐしかない僕なのだ。そんな僕が、国会議員の私設秘書になれるなど、断る理由は万にひとつもないではないか。

僕はイッペイの誘いを受け入れた。その日から、イッペイが政府広報室から得た情報を、あたかも自分が得た情報のように浅草寺のニワカに伝えるようになった。

そんな情報の中で浅草寺コロニーの一同を狂喜させたのが、特効薬投与から二週間後の二月十九日に自衛隊が東京ゲットーに乗り込むという情報だった。人員だけでなく、多くの救援物資も運び込まれるらしい。

その情報と併行して『自己批判会』なるものも開催された。

浅草寺コロニーの住民が一堂に会し、その前で自己批判をしたのはトドロキだった。イッペイとどんな裏取引をしていたのか、トドロキは人肉バーベキューの責任はすべて自分にあると告白した。トドロキが率いる第三警備隊の隊員も隊長であるトドロキと並んで立ち、同じように弁解の言を述べた。

「いずれは食用肉が枯渇する。そのことに自分は危機感を抱いていました。生き残るためには感染して死亡した人間を食べなくてはならない。そう考えたのです」

そう弁解するトドロキにヤジが飛んだ。

「オレたちにはおこぼれがなかったじゃないか」

「感染者を喰《く》ったのです。どんな影響があるかも知れたものではありません。ですから自分らがまず実験台になろうと思ったんです」

他にもヤジが飛んだ。

「おめえら、肉が焼ける臭いに釣られて迷い込んだ浮浪者も殺して喰ったじゃないか」

それにもトドロキは言葉巧みに返答した。

「みなさんも知ってのとおり、自分らが食糧調達に出掛けると、いつもハイエナみたいに浮浪者がつきまとってきました。そして自分らやみなさんが調達した食糧の残りをきれいさっぱり漁っていました。まだ調達に余裕があるうちはそれでもよかったかも知れない。しかしいよいよ食糧が底を突けば、アイツらはオレたちと争ってでも食糧を奪おうとしたかも知れない。厳しい生存競争のなかで、いずれはアイツらと殺し合う日がくるかも知れない。そう考えていた自分は、その日のための心の準備として浮浪者を殺して食べたのです。あれは自分の、みなさんを守りたいという気持ちの為せる業だったんです」

それを言うトドロキは滂沱《ぼうだ》の涙を流していた。

「彼の気持ちも理解してあげませんか」

声を張ってイッペイが全員に訴えかけた。

「トドロキくんだって好きでしたことではないはずです。みなさんのことを真摯に考えて、また三番警備隊の隊長としての責任感から、やむを得ずやったことなのです。理解してあげて下さい」

イッペイの視線が僕に向けられた。

「イサムくん、非常時における緊急避難として政府も人肉バーベキューを認めているんだよね」

「ええ、政府広報室からそのような回答を得ています」

茶番だと意識はしていたが、それは事実だし、将来のこと、国会議員の私設秘書の立場を思えばそう答えるしかなかった。

そうやって自衛隊の救援部隊を迎え入れる準備は整った。

5 解放

令和六年二月十九日。

イッペイが得た情報を僕が伝えたとおり大型ヘリの一団が浅草寺上空に現れた。そのうちの一機が本堂裏の空き地に着陸し十数名の自衛隊員が展開した。

イッペイと共にヘリコプターを迎えることを許されたのは僕だけだった。当然に思えた。僕は早い段階から政府広報室と遣り取りしていたのだ。その後のこともイッペイから知らされている。それに加えて僕はイッペイの私設秘書に抜擢《ばってき》される人間なのだ。

「一個師団、二千人とかじゃないんだ」

この人数で東京解放は無理だろう。僕は正直ガッカリした。

「展開しているのは浅草寺だけではないだろう。それくらい考えられないのか」

鼻で嗤いながらイッペイが隊員を指揮している自衛官に歩み寄った。なにやら言葉を交わし握手している。

手招きで僕が呼ばれた。

「浅草寺境内で大型ヘリが着陸できる場所はここだけらしい。救援物資の配給は隊員さんらがやってくれるから、用意が整うまで待つようにみんなに伝えてくれ。配給物は順番に配る。最初はご高齢の人たち、そして女性、警備隊の隊員はいちばん最後だ」

いつもとは違う順番なんですね。

そんな皮肉を呑み込んで浅草寺本堂の陰からこちらを窺っている連中の元に駆け寄った。イッペイの伝言をトドロキに告げた。

トドロキら警備隊の隊員の背後には、期待に顔を輝かせた高齢者たちが押し合いへし合い少しでも状況を把握しようとしている。

「ん？」

高齢者の背後に懐かしい顔を見つけた僕は思わず声を上げそうになった。

最初に目についたのは高身長のホムレのリーダーだ。その傍らにマンガ喫茶で寝食を共にしたホムレの連中がいる。もちろんヒカルも、そしてタハラもいる。ヒカルの隣で肩に手を置いているのはマモルだろう。まだ支えを必要なほどしか回復していないようだ。

ここで声を上げるわけにはいかない。

あの連中は人肉バーベキューの真実を知る者らとしてリストラ対象に挙げられているのだ。イッペイもトドロキも、環境の激変にそのことを失念しているようだが、彼らの、特にタハラの顔を見れば思い出すだろう。ヒカルとタハラは白髪のウイッグで変装しているが、僕が遠目で見破ったくらいの変装なのだ。

「イサムくん」

イッペイに呼ばれた。

忙しく準備する自衛隊員から離れて話し掛けられた。

「救援物資はスリングで搬入されるらしい」

「スリング……ですか？」

「荷吊りのことをそう呼ぶんだ。オレもさっき教えてもらったばかりだ」

肉類、新鮮な野菜、クリームケーキなど、東京ゲットーではほとんど手に入らない物資が運び込まれるらしい。

「オレが選定したんだ」

イッペイが自慢そうに言うが僕は次の言葉を待った。そんなどうでもいい自慢をするためだけに僕を呼び寄せたとは思えなかったからだ。

「で、相談なんだが」

やっぱり話には続きがあった。

「救援物資の配布が終ったら、警備の自衛隊員を残してヘリは静岡の基地に帰るらしい。そのヘリに一緒に乗らないかと誘われているんだがオマエも来るか？」

いきなりの申し出に面喰らった。

「東京から出られるんですか？」

意味のない質問をしてしまった。問題はその目的とその後どうなるかということだろう。

「ああ、政府関係者がオレに会いたいらしいんだ」

「それにどうして僕が……」

「当然だろう。最初に政府広報室と繋がっていたのはオマエじゃないか」

イッペイには理解できないのだろうか。僕が繋がっていたのはネット上でのことだ。リアルで繋がるとなると僕にはどうしていいのか分からない。

「僕たちは帰って来られるんでしょうか？」

また意味のない質問をしてしまった。台東区を地盤として国政を狙うイッペイが帰って来られないような申し出を受け入れるはずがないではないか。

「もちろん帰って来るさ。オマエもオレの私設秘書として一緒に行動してもらう。それでいいな」

「ええ、まあ」

同行するなら心強い。イッペイは僕なんかと違い区議会議員の経験がある男なのだ。政府関係者と会っても気後れしないだろう。

「よし、それならみんなに報告しよう」

ヘリコプターが着陸した空き地では別のヘリコプターによるスリングとやらが始まっている。荷物を吊り下げたヘリコプターとは別に、その上空には五機のヘリコプターが待機している。辺りは凄まじいばかりの轟音だ。

イッペイが本堂の外回廊に上がり正面に出た。イッペイに自衛隊の指揮官さんも従う。本堂脇でヘリコプターのスリング作業を見ていたニワカ連中も本堂前に移動する。舞台は整ったとばかりに聴衆を前にイッペイが声を張り上げた。

「私はここにおられる自衛隊の指揮官の方と静岡に飛ぶ。そこで政府の然《しか》るべき人物と面談し、東京の窮状を訴えるつもりだ」

聴衆は真剣な眼差しでイッペイの演説に耳を傾けている。

「心配することはない。私は二、三日の滞在でここに戻るつもりだ。救援物資は潤沢にある。医療関係者も同行している。しかしそれだけでみんなの望む日常が取り戻せるわけではない。どうすればみんなが元の生活に戻れるのか、それを交渉するために私は行くんだ。道筋をつけたら必ずここに戻って来る。指導者である私を信じて待っていて欲しい」

イッペイが両手を挙げてアピールすると聴衆が沸きたった。

大歓声に包まれイッペイは得意満面だ。

「ちょっと待ちなさいよ」

悲鳴とも聞こえる声が歓声を引き裂いた。

聴衆の視線がその声の主に集まった。

タハラ――

変装用のウイッグを脱ぎ捨て、両足を踏ん張ったタハラが長い腕を斜め上に伸ばしてイッペイを指さしている。

――尊師様

どこからともなくつぶやく声がした。

やがてその声は周囲に伝播し、大きなうねりとなって——主には女性ニワカが——タハラの帰還を歓迎する渦となった。

「あなたにその資格があるの」

イッペイを指さしたままタハラが怒声を上げた。

「アナタは略奪を指揮していただけじゃないの、自分の手は汚さずにね。そのうえ収奪物を均等に分けるでもなく私物化し、いえ、それだけじゃないわ。浅草寺本堂地下でなにが行われていたの？　もっと言えないこともあるでしょ。脛に傷を持つアナタが、この人たちの望む日常を取り戻すための道筋をつけるですって？　バカにするんじゃないわよ。ここのリーダーはアンタなんかじゃない。アタシよ。静岡にはアタシが行って、この人たちが安心して暮らせるよう交渉をさせてもらうわ。私利私欲一切抜きで交渉するわ」

一気呵成《いっきかせい》にまくし立てるタハラに唖然としていたイッペイが我に返ってトドロキに指示した。

「なにをボサッとしているんだ。あの女を黙らせろッ」

しかしトドロキは動かない。微動だにしようとしない。他の隊員らも同様だ。

「トドロキ……どうしたんだよ。オレとの約束を忘れたのかよぉ。あの女を黙らせてくれよ」

イッペイが哀願する。

「約束？　例の件に関して一切合切汚名を被ればアンタが成功した暁には然るべき地位に取り立ててくれるという約束ですかね」

例の件が人肉バーベキューを意味しているのは確認するまでもない。あれはトドロキが首謀者で、イッペイはそれに反対したことになっている。

（やっぱり裏取引があったんだ）

僕は納得し、隣で狼狽《うろた》えているイッペイを心底軽蔑した。

「しかしオレはアンタを心底信用することができない。オレとの裏取引、それから真相を知る人間を虫けら同然に殺そうとしたアンタの発想。どれをとってもアンタがこの国を導くに相応しい人物とは思えない。タハラさんの言う通りだ。むしろオレは、わが身に及ぶかも知れない災禍を恐れずに、この場で声を上げたタハラさんこそ信用できる。浅草寺コロニーの指導者はアンタではなくタハラさんだ」

「僕も同じ意見です。だから僕は静岡には行きません」

イッペイに聞こえる程度の声量で僕も宣言した。

すんでのところで自分に戻った。

「な、なにを言うんだ。どうしたんだよ、イサムくん」

イッペイが気味の悪い薄ら笑いを浮かべている。

「あなたのことが信用できませんから」

本心から言ってやった。

たちまちイッペイの顔が真っ赤になった。

「信用できないだと。生意気言うんじゃないよ。リストラされてマンガ喫茶に棲み付いていた男が誰に向かって偉そうな口を叩いていると思っているんだ」

僕の胸倉を摑まんばかりの勢いで言う。

「どうも想定外のことになりましたな」

呆れたように言ったのは自衛隊の指揮官だった。

「想定外？」

引き攣《つ》った笑顔でイッペイが答えた。

「こいつらは神経が参っているんですよ。まともに相手をする必要はありません」

言葉とは裏腹に顔はけいれんしている。

「しかしどうなんでしょう」

「どうとは？」

「自分が命令されたのは浅草寺のリーダーを同行するようにということでしたから」

「僕がそのリーダーですよ。問題ないじゃないですか」

イッペイのコメカミにひと筋汗が流れる。

「どうですかな」

指揮官の目は群衆が取り囲むタハラに向けられている。

「まさかアナタ、あのオンナを指導者と思っているんじゃないでしょうね」

震える声でイッペイが言う。

「あの人は尊師と呼ばれて人望を集めていた人なんです。あの女性がリーダーです」

僕は言葉を挟んだ。

「なにも知らない新参者が余計なことを言うんじゃないよ」

イッペイが吐き捨てるように言い、指揮官の肩に手をやった。

「さ、静岡に行きましょう。こんな奴らに構っていても時間の無駄ですよ」

上半身を軽くひねってイッペイの手から逃れた指揮官が、一歩前に進み出る。

「自分は、浅草寺のリーダーをお連れするように命令されております。そこでみなさんにお聞きしたい。みなさんのリーダーはどなたでしょうか」

通る声で聴衆に問い掛ける。

階段下に集まった聴衆が一斉にタハラを指さす。

本堂地下で暮らしていた女性たちや、コンビニの打ち壊しに駆り出された高齢者たちが迷わずタハラを指さしているのは言うまでもないが、トドロキや警備隊の連中までがタハラを指さしているではないか。

「この人がいなければオレたちはここまで生き延びることはできなかったかも知れない。オレたちのような人間にも、等しく食糧を配れと言ってくれたのはこの人なんだ」

老齢のニワカのひとりが声を上げる。

「死者を隅田川に水葬したときもそうだ」

同じく別の老齢のニワカが声を上げる。

「警備隊の人間はオレたちに死体を運ばせるだけだった。第一警備隊の隊長は顔も出さなかった。しかしこの女性は水葬に同行し、死んだ者のために祈ってくれた。その辺りの花を手向けて涙まで流してくれた。この人がいるから、オレたちは理不尽な扱いにも我慢できたんだ」

そうだ、そうだという声があちこちから発せられた。

指揮官が本堂の階段を降りた。

地上に降りてタハラの元へと向かった。

聴衆が割れて通路を作り、タハラの元に歩み寄った指揮官が二言三言言葉を交わし、二人は本堂裏の空き地へと向かう。そのいきさつを固唾を呑んで見守っていた人たちから静かに、そして徐々に声量を増し、浅草寺本堂を揺るがすほどの大音量となって歓喜の声が響き渡る。

「そんなバカな……」

僕の隣に崩れ落ちたイッペイが呻いた。

裏の空き地から轟音が聞こえ、タハラを乗せたヘリコプターが上空高く舞い上がった。そのまま西の空へと消えた。

6　再会

僕はそのヘリコプターを見送りもせず、階段を駆け下りてヒカルの元に急いだ。

「やあ、元気そうだね」

なんのひねりもない声を掛けた。ヒカルがニッコリと笑ってくれた。

「みなさんに守られていましたから」

ヒカルの周囲には、リーダーを始めとし、マンガ喫茶で一緒だったホムレのみんなが笑顔で佇んでいる。マモルは疲れた顔でしゃがみ込んでいる。

「ヒカルのこと、ありがとうございました」

深々と頭を下げた僕の目に涙が溢れ出し、零れ落ちたそれが地面を濡らした。

「ニイチャンも元気そうやんか」

リーダーが僕の肩を乱暴に叩いてくれる。

「お詫びがあります」

思い切って言った。

それを言うとこの人たちとの縁が切れてしまうかも知れない。しかし事実を述べて謝罪しないことには僕の気が済まない。

ガーガーピーピー。

裏の空き地からマイクの音がした。

「救援物資の配給の用意ができましたので、みなさん本堂裏にお集まり下さい」

「おっと、配給の始まりや。先ずは高齢者、それから女性という順番やったな。ヒーちゃん久しぶりのまともな食いもんや、もらいに並ぼか」

「ちょっと待って下さいッ」

裏の空き地に行こうとするリーダーを呼び止めた。

「どうしても言っておきたいことがあるんです」

「今でないとアカンのか？」

「今でなければダメです」

歯を食い縛り、両手の拳を固めてリーダーを睨み付けた。

「みんなは配給に並んでもええか？」

「いえ、みなさんにも聞いて欲しいんです」

「よほどのことみたいだね。聞いてやろうよ、リーダー」

ホムレのひとりが口添えしてくれた。

全員が聞く態勢になって僕は口を開いた。

「僕がヒカルやタハラやみなさんを残してマンガ喫茶を出た次の夜です」

「簡潔に頼むで」

「僕はここで警備隊と呼ばれる人間何人かを伴って……マンガ喫茶に忍び込みました。彼らはそれぞれ金属バットを手にしていました」

「ワイらを殺す気やったんやろ」

含み笑いの声でリーダーが言った。

「どうしてそれを……」

「タハラちゃんが教えてくれたんや。ニイチャンでのうて、イッペイとかいうやつが、必ずワイらを殺しに来るとな。そやからワイらは早々に川向こうの公園に避難しとったんよ。あの公園には昔の馴染みもおるさけえな」

リーダーが笑顔を浮かべて僕の肩に手を置いた。

暖かい温もりを感じた。

「ま、どっちゃにしてもみんな無事やったんやから結果オーライやないか。オマエがオレらを襲ったことも、それこそ隅田川に流せばええ」

気にするなとリーダーが言ってくれたが、それでは僕の気が収まらない。

「また前みたいにマンガ喫茶でみなさんと暮らしたいんです。ですから僕を気の済むまで殴って下さい。足蹴にして下さい」

東京が解放されたら、ホムレの人たちと以前のようにマンガ喫茶で暮らすことはできないだろう。それは分かっているが、僕には他に言うことを考えることができなかった。

「そんなん言われてもな……」

リーダーが困ったように頭を掻く。

「ワイら人を殴ったりできん性分やし……」

ヒカルが前に進み出た。

「私が殴ります」

言うなり平手が僕の頬を打った。

よろけて膝を突くほど手加減のない平手打ちだった。

「やさしい子だ」

リーダーが言う。

「ヒカルちゃんも他人を叩けるような子じゃない。それでもアンタの気持ちを察して無理に叩いてくれたんだ。そこんとこ忘れたらアカンで」

膝を突いたまま見上げるとヒカルは目に涙を浮かべている。

乱暴に腕で涙を拭ったヒカルが言った。

「これで気が済みました。みなさん、炊き出しをいただきに行きましょ」

みんながゾロゾロと動き出したがヒカルはその場に仁王立ちしたままだ。

立ち上がって手についた砂をズボンの腿で払い落した。

「さ、行きましょ」

ヒカルが右手を差し伸べてくれる。

「マモル。アナタは救護の先生に看てもらいましょうね」

マモルと僕の二人は、ヒカルに手を引かれ、本堂裏に回ると配給とは別の列ができていた。

大きな矢印があり、その下には『新型コロナ特効薬』と書かれている。そういえば、アンプルを服用しなかった者には後ほど錠剤が配布されると言っていたっけと思い出す。服用しなかった警備隊員らが肩身の狭そうな顔で並んでいる。

「僕らも並ぼう」

「大丈夫なんですか」

ヒカルが心配しているのは、タハラが投下されるアンプルの特効薬に関して疑いを述べたことを覚えているからだろう。

「一部の人間を除いて、ここの人たちはアンプルの特効薬を服用しているんだ。あれから二週間以上が経って、誰も副反応は起こしていない。少なくとも毒ではないと思うよ」

「イサムさんが服用するんだったら私も服用します。もちろんマモルも」

「リーダーたちにも声を掛けよう」

名残惜しかったが指を絡めた手を放して僕はリーダーに駆け寄った。説得するまでもなくリーダーたちは特効薬の列に並んでくれた。

僕の順番はすぐに来た。水と錠剤を受け取って服用するだけだから、それほど時間が掛からないのは当たり前だ。

粛々と進んでいると思われた配給の列に乱れが生じた。

男が自衛官に両脇を抱えられて暴れている。

男はそのまま空き地の奥に設営されたテントに連れ込まれた。

「イッペイだよ」

背後からの野太い声に振り返った。トドロキが立っていた。

「検温場で引っ掛かったんだ」

イッペイは三十八度を超える高熱を発していたという。

「自覚症状があったんだろうな。アイツだけは日課の検温に参加しなかった。時々、胸を苦しそうに押さえていたしな」

僕は気付かなかったが、そんな状態だったのか。

「東京株に感染している恐れがあると隔離されたんだよ。もっとも本人は自分に限ってウイルスに感染するわけがないと駄々を捏《こ》ねていたようだがな」

「ウイルスは人を選びませんもんね」

「ああ、上級国民であろうが非正規雇用であろうがお構いなしだ」

「それでイッペイさんはどうなるんですか」

「検査を拒否していたが無理くりにでもされるだろう。そして陽性だった場合は、アイツの望み通り東京から出ることができるな」

「入院ですよね」

「そうだ。入院することになるな」

やがて順番が来て、僕とトドロキは配給を受け取った。

久しぶりに食べるハンバーグ弁当にグリーンサラダだ。カップに注がれた温かいコンソメスープが冷えた身体に染み渡った。

僕より早く配給を受け取ったヒカルとホムレの一団は、元は喫煙所だった場所の石のベンチに腰を下ろして、これも配給のコーヒーを飲んでいる。

「戻るのか？」

ヒカルらを眺める僕の視線に気付いたトドロキに訊かれた。

「ええ、戻りたいですけど」

「戻れないのか？」

「あんなことをしてしまいましたから」

マンガ喫茶を襲撃した夜、先頭に立って乗り込んだのはトドロキだった。

「だよな。一歩間違えたらアイツら全員殺していたかも知れないんだからな」

「さっき謝って許してはくれたんですが……」

「謝ったって、オマエ襲撃のことバラしたのかよ」

「ええ、どうしても胸に溜め込んでおけなくて」

「まあ、分からんでもないけどな」

トドロキが深い溜息を吐いた。

「オレもここに棲み付いてから胸に溜め込んだイヤな思い出がたくさんあり過ぎてよ、だがそれを謝る相手もいやしねえ」

「ここに来る前はなにをしていたんですか？」

「ひょうたん鍋っておでん屋知ってるだろ？」

「ええ、雷門脇のお店ですよね。味がいいって評判の店でしたね」

食べログで４以上の星を獲得している店だった。星３つというのはよく見かけるが、４つ以上というのは珍しい。

「行ったことあるのかよ」

「ええ、ネットで評判でしたので。いちおう僕も厨房関係の卸問屋に勤めていましたから、業界のことには興味がありました。それで三度行きました。そのうちの二度は満席で入れませんでしたけど」

「そりゃ悪いことをしたな」

「それじゃ」

「ああ、あの店でバイトしていたんだ」

「自宅は？」

「オマエさんと同じ雷門前のマンガ喫茶だよ。もっともオレは店が終って後始末して、マンガ喫茶にインするのは午前一時過ぎくらいだったからオマエさんと出会う機会はなかったかも知れないけどな」

「でもあの朝はマンガ喫茶に居ませんでしたよね」

「あの朝って？」

「避難の朝ですよ」

目覚めると僕ひとりが残されていた。その後でヒカルと合流したことが、何年も前のことのように思い出される。

「あの日は集合場所までは行ったんだけどな。このあたりでの集合場所は浅草ヒューホテルだったたな。リムジンバスの乗降場所があるからよ」

ヒューホテルは浅草を代表するホテルだ。浅草寺が間近ということもあって、全国から訪れる修学旅行生が多く宿泊するホテルでもある。

「で、バスには乗らなかったんですか？」

「時間よりだいぶん早めに行って並んでいたらよ、ギリギリの時間になってホテルからゾロゾロ人が降りて来て、先に着いて寒い中を並んでいたオレたちより優先だってポリが言うんだよ。あいつら事前に避難情報を知っていて、ホテルに泊まっていたに違いないんだ。で、オレたちより優先乗車だってよ。それでオレは諦めたんだ」

「避難を諦めたんですか？」

仮にそのバスに乗れなくても、十分な台数のバスは用意されていたんじゃないだろうか。

「避難を諦めたわけじゃないよ。避難した先でも同じ扱いを受けるんだろうなって考えてな。そう考えたら避難するのがバカバカしくなったのさ」

「なるほど」

お愛想で頷いたわけではない。僕だってその気持ちは痛いほど分かる。実際ヒカルが語ったマモルの避難先での扱いはかなり酷いものだった。

「僕がツイッターで得た情報では、避難民は上級、中級、下級に区分され、下級避難民はそうとうキビシイ暮らしを強いられたようですね。それだけではありません。僕らの仲間内には仙台の避難所から逃げて東京まで歩いて戻った者もいました。彼の話を聞いたところによると、そうとうに酷い仕打ちを受けたようです」

「仙台から歩いて逃げてきたのかよ。すげー奴もいたんだな」

「ええ、仲間内に恋人がいましたから」

「愛の力ってやつか」

「そうですね。それほど強く愛し合っていたんですよね」

僕が心から納得して、会話はそこで途切れてしまった。

夕日が五重塔の裏に沈み浅草寺境内に冷たい風が流れ始めた。

ヒカルら一行が立ち上がりこちらに目を向けている。マモルはヒカルに腕を抱えられている。もう下らない嫉妬心など湧き上がらない。

「行けよ」

トドロキが言ってくれた。

その言葉に背中を押され僕は立ち上がった。ヒカルが嬉しそうに手を振ってくれた。

僕は残照の浅草寺をヒカルたちの元に走った。

終章

令和十年二月。

僕は五十二歳の誕生日を迎えた。

あれからいろいろあったが僕は今でも浅草に暮らしている。

暮らしている場所はマンガ喫茶ではない。

浅草一丁目に店を構えるもんじゃ屋の裏路地にある老朽化したアパートだ。

東京は令和六年の年末にロックダウンが正式解除になった。

ロックダウン解除からの二年間だけ政府は補償をしてくれた。決して手厚い補償とは言えないが、おかげで僕もアパートを借りることができた。仕事も得ることができた。以前と変わらないファミレスのキッチンクルーで週四日勤務のアルバイトをしている。

東京は劇的ともいえる速度で復旧したが、僕が正社員になれるほど甘くはなかった。世間が日常を取り戻し、僕は再びその他大勢のひとりになってしまった。

ヒカルは宮崎に帰省しなかった。

日本国中が不景気のどん底で、宮崎に帰省するくらいなら、補償がもらえる東京で暮らした方がマシだと判断したのだ。マモルの近くに居られるのも理由だと思ったがそうではなかった。婚姻関係というものがどういうものなのかピンとこないとヒカルは言う。

「え、結婚しないの？」

以前マモルも含めて三人で久しぶりに会ってそのことを知り驚かされた。仙台から浅草まで歩いて来たマモルの気持ちはホンモノだろう。そのマモルとヒカルが一緒に暮らしてさえいないとは意外だった。

「ひとりが気楽でいいって言うんです」

マモルが苦笑しながら言った。

「できるだけ末永く仲良くできるように最低限の努力はするつもりです」

そんな言葉をヒカルが返す。

「最低限かよ」

ヒカルの言葉に苦笑させられた。

「こんな娘《こ》なんですよ。仕事も続かないみたいだし」

マモルも苦笑しながら言う。

「会社組織に馴染めないんですよね」

マモルの言葉に頭を掻いたヒカルは職場を転々とし、今ではファッションホテルの清掃係の職に落ち着いていると言う。

「ひとりでやれる仕事が性に合っているんです」

週に六日、午後十時から午前六時までの夜勤シフトに励んでいるのだとか。

「あれこれ言われないのが自由でいいです。今も錦糸町のマンガ喫茶暮らしですし」

ホムレらに感化されたのか。

ヒカルは内緒にしているが僕は知っている。

月に一度仕事が休みの日に、ヒカルは山谷の玉姫公園で炊き出しをしているのだ。出先でたまたま缶拾いをするリーダーと出会ってそのことを僕は知った。

「玉姫公園も昔に戻ったわ」

嬉しそうに言うリーダーからヒカルの炊き出しの礼を言われたのだ。

「えッ、あの娘、そんなことをしていたんですか」

「なんや知らんかったんかいな」

驚いた僕にリーダーが呆れた。

「そやけど、それやったらあの娘、炊き出しの金を全額自己負担しとるんかいな。てつきりニイチャンが協力しとるんやと思うてたわ」

マモルは浅草の小劇場にピン芸人として立っている。舞台の合間に横を通るホッピー通りでバイトしているが、食べていくのに精いっぱいだとヒカルから聞いたらしい。

「僕と会ったことは内密にお願いしますよ」

ヒカルが照れるだろうからと釘を刺してリーダーと別れた。

トドロキとも出会った。

僕と同じく再開したひょうたん鍋でやはりアルバイト店員をしている。

「いつまでもバイト暮らしではダメなんでしょうけど。結婚もできそうにないし、とは言っても他にできることといえば派遣社員くらいでしょうかね」

復興した東京で幅を利かせているのはＰ社だ。何十社という関連会社を抱え、蜘蛛《くも》の巣のように政権と結びついて派遣の仕事をしているらしい。そういえば僕がお世話になった政府の補償の窓口になったのもＰ社の関連会社だった。

そこで僕は棄民だった経歴を詳しく調べられた。何枚もの書類を書かされ根ほり葉ほり調査された。不正受給を防止するための調査だと聞かされたが、あまりのしつこさに僕は受給を諦めかけたくらいだ。

実際に受給を諦めた棄民も多くいたようだったし、調査の執拗さは不正受給を防止することではなく、諦めさせて受託費から少しでも金を浮かせたいという意図だったようだが、切羽詰まった僕は逆ロックダウン化の東京で政府広報室と連絡を取り合っていたと申告した。

ダメもとで申告したのだが、その翌日あっさりと受給が承認されたので、やっぱりあれはホンモノだったのだろうかと考えた。

「政府広報室と連絡を取り合っていたことは内密にするように」

受給申請の承認を告げる電話でそう言われた。

僕はその時点でも、チャット形式で連絡を取り合っていた相手が政府広報室だったのだろうかと疑っていたが、もはやそれはどうでもいいことに思える。結局僕は生き延びた。それだけで十分だし、これからの僕に同じようなことが起きるとは考え難い。

「あの人はどうしているんでしょ」

トドロキにさり気なく訊いてみた。

「イッペイのことか?」

トドロキの顔が曇った。

「可哀想な人だよ」

「どうかしたんですか？」

「後遺症が酷くてね、いまでは生活保護で暮らす身らしいよ」

「そうですか」

言葉が見つからなかった。

「元嫁とは大違いだよな」

「ええ、そうですね」

イッペイの元嫁のタハラはイッペイが望んでいた国政の道へと進んだ。周囲から担がれての立候補だったが、当選を果たした。まだ新米議員だが歯切れの良い弁舌と清潔感あふれる見た目で野党の顔と評価されている。

それぞれがあるべき場所に落ち着いたと感じる。

政府広報室からの接触はあれ以来ない。

(僕は体よく利用されたのだろうか)

そんな想いが時々胸を過る。

それはそれで構わないし、おかげで補償金の受給があっさりと決まったのであれば、むしろ感謝したいくらいだ。でもその反面、僕は今でも監視下に置かれているのではないかという不安もある。それもあってツイッターからは離れた。

解放後の選挙には投票に行った。これからも選挙には必ず投票しようと決めている。どうせ社会が変わることもないと諦めてはいるし、これから僕のような人間にはもっと住みにくい世の中になるのだろう。老後は孤独死もあり得ると覚悟している。

人生百年時代という掛け声は今も変わらない。だとしたら僕はまだ人生の半分しか生きていないことになるのだが、血圧も高く医療費の高騰で病院通いもままならないうえに、キッチンクルーの仕事で酷い腰痛を抱えていて、とてもそれまで生きていられるとは思えない。

朝出勤前に浅草寺にお参りする。

泰平を僕は祈る。

あとがき

本作はデビュー後十五作目の単著になります。

また初めての文庫書下ろしでもあります。

文庫書下ろしになったのには理由があります。

私は令和二年十一月に講談社さんより『風致《ふうち》の島《しま》』という単行本を刊行しております。もともとその単行本は、同年三月に刊行される予定でした。

しかし当時、東日本大震災をテーマにした別作品があり、その作品は東北で土木作業員、そして除染作業員をしながら書き溜めたものでした。それを持ち込んだ版元さんから出版して頂けることになったのです。

内容が内容だけに、どうしても三月十一日に向けて刊行したいと考えました。『風致の島』もほとんど出来上がっていたのですが、当時の担当者さんに刊行時期をずらせないかと無理をお願いしご理解頂きました。

その御恩ある担当者さんが文庫部門に異動されました。御恩にお応え致したく、今回初の文庫書下ろしと相成った次第です。

さて本作の内容でございますが、「東京株」という凶悪な新型コロナウイルスに苦闘した日本政府が都民、ならびに周辺市民と東京エリアから避難するという内容です。その避難計画から取り残された人たちが登場人物です。

初稿を書き終えたのが令和三年十二月で、その折には未だオミクロン株の蔓延どころか、むしろ世間の感覚としては、新型コロナの終息が見え始めたというムードでした。その反面、海外ではオミクロン株の感染拡大が報じられており、水際対策の甘い日本でも同じことが起こるだろうなと私は感じておりました。

オミクロン株の蔓延は私が予測したとおり、というか予測を遥かに上回るものであったのは、読者の皆様もご承知のとおりです。あまりの感染拡大の規模に、ゲラの段階でずいぶんと書き直したほどです。

作品のタイトルを『東京棄民』としたのには、私なりの思い入れがございます。

かつて私は百二十人の社員を抱える会社を経営しておりました。

不徳の致すところから、五十三歳の時にその会社を破綻させてしまい、先述しましたとおり、土木作業員、除染作業員を経験し、その後はこの物語の舞台となる浅草のマンガ喫茶で暮らしながら、風俗店の客引きを皮切りに、コンビニ店員、スーパーのレジ係、ファミリーレストランのキッチンクルー、そして大型バスの誘導員など、アルバイトを転々としました。その折に感じたのが相対的貧困層、非正規雇用者が、政治から置き去りにされているということです。

当時の想いが本作のタイトルに繋がっております。

実際に本作に登場する人物は、主要登場人物となるひとりを除き、相対的貧困層であったりホームレスであったりします。その除いたひとりに今の某政党に対する違和感をぶつけました。

非正規雇用社員として働き、浅草雷門前のマンガ喫茶で暮らす主人公は、いわゆるツイ廃です。

しかし大手マスコミ各社が政権に忖度《そんたく》する現代にあって、私も彼同様に、新型コロナウイルスや政治に関わる情報の多くをツイッターから得ております。

新型コロナ対策に有効とされる鼻うがいも、万一の事態に備えた頓服薬をシンガポールから並行輸入したのも、ツイッターに影響されてのことです。

そもそもマンガ喫茶を出て、住居を確保したのは令和二年の二月、ダイヤモンド・プリンセス号での感染が話題になった折に、必ず新型コロナは日本でも蔓延するに違いないと考えてのことでした。その決断をしたのも、ツイッターで相互フォローしていた英国在住で翻訳家をされている日本人の方からの情報によるものです。
その方と、本作をご担当頂いた編集者さん、そしてお読み頂いた読者の方々に深く感謝申し上げます。

二〇二二年五月　赤松利市

本書は書下ろしです。
この作品はフィクションであり、実在する個人や団体などとは一切関係ありません。

|著者|赤松利市　1956年香川県生まれ。2018年「藻屑蟹」で第１回大藪春彦新人賞を受賞しデビュー。'20年『犬』で第22回大藪春彦賞を受賞。他の著書に『鯖』『らんちう』『ボダ子』『女童《めのわらわ》』『アウターライズ』『白蟻女』『隅田川心中』『饗宴』『エレジー』、自らの来し方を綴ったエッセイ『下級国民A』がある。

東京《とうきょう》棄民《きみん》
赤松《あかまつ》利《り》市《いち》

2022年５月13日第１刷発行

発行者――鈴木章一
発行所――株式会社　講談社
東京都文京区音羽2-12-21　〒112-8001
電話　出版（03）5395-3510
　　　販売（03）5395-5817
　　　業務（03）5395-3615
Printed in Japan

講談社文庫
定価はカバーに
表示してあります

KODANSHA

デザイン―菊地信義
本文データ制作―講談社デジタル製作
印刷―――株式会社KPSプロダクツ
製本―――株式会社国宝社

ISBN978-4-06-527614-3

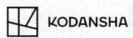

講談社文庫刊行の辞

二十一世紀の到来を目睫に望みながら、われわれはいま、人類史上かつて例を見ない巨大な転換期をむかえようとしている。

世界も、日本も、激動の予兆に対する期待とおののきを内に蔵して、未知の時代に歩み入ろうとしている。このときにあたり、創業の人野間清治の「ナショナル・エデュケイター」への志を現代に甦らせようと意図して、われわれはここに古今の文芸作品はいうまでもなく、ひろく人文・社会・自然の諸科学から東西の名著を網羅する、新しい綜合文庫の発刊を決意した。

激動の転換期はまた断絶の時代である。われわれは戦後二十五年間の出版文化のありかたへの深い反省をこめて、この断絶の時代にあえて人間的な持続を求めようとする。いたずらに浮薄な商業主義のあだ花を追い求めることなく、長期にわたって良書に生命をあたえようとつとめるところにしか、今後の出版文化の真の繁栄はあり得ないと信じるからである。

同時にわれわれはこの綜合文庫の刊行を通じて、人文・社会・自然の諸科学が、結局人間の学にほかならないことを立証しようと願っている。かつて知識とは、「汝自身を知る」ことにつきていた。現代社会の瑣末な情報の氾濫のなかから、力強い知識の源泉を掘り起し、技術文明のただなかに、生きた人間の姿を復活させること。それこそわれわれの切なる希求である。

われわれは権威に盲従せず、俗流に媚びることなく、渾然一体となって日本の「草の根」をかたちづくる若く新しい世代の人々に、心をこめてこの新しい綜合文庫をおくり届けたい。それは知識の泉であるとともに感受性のふるさとであり、もっとも有機的に組織され、社会に開かれた万人のための大学をめざしている。大方の支援と協力を衷心より切望してやまない。

一九七一年七月

野間省一

講談社文庫 最新刊

堂場瞬一　動乱の刑事

駐在所爆破事件の裏に「警察の闇」。刑事と公安の正義が対立する！　シリーズ第二弾。

高田崇史　鬼統べる国、大和出雲　古事記異聞

杵築大社から始まったフィールドワークが奈良で大詰めを迎え、出雲王朝が真の姿を現す！

夏原エヰジ　Cocoon　京都・不死篇—蠢《しゅん》—

敵は、京にいる。美貌の隻腕の剣士・瑠璃《るり》の前に、不気味な集団「夢幻衆」が立ちはだかる。

赤松利市　東京棄民

最凶の新型コロナウイルス・東京株が出現！万策尽きた政府は、東京を見捨てることに。

秋川滝美　ヒソップ亭　湯けむり食事処

老舗温泉旅館の食事処で、気の利いた旨い料理に名酒、そしてひとときの憩《いこ》いをどうぞ。

石原慎太郎　湘南夫人

湘南を舞台に、巨大企業グループを擁《よう》する一族の栄枯盛衰を描いた、石原文学の真骨頂。

滝口悠生　高架線

三郎はなぜ失踪したのか。古アパートの住人らがつぎつぎと語りだす、16年間の物語。

武内涼　謀聖　尼子経久伝　風雲の章

大望の前に立ち塞がる出雲最大の領主・三沢一門。経久の謀略が冴える歴史巨編第二弾！